KB266449

권성욱의 더 오프닝

권성욱의 더 오프닝

권성욱의 더 오프닝

초판 1쇄 발행 2026년 5월 4일

저자 권성욱

펴낸곳 도서출판 답
기획 손현욱
편집 손현욱
마케팅 이충우
표지 디자인 BU디자인
내지 디자인 이은지

출판등록 2015년 2월 25일 | 제 312-2015-000063호
전화 02-324-8220
팩스 02-6944-9077

ISBN 979-11-87229-94-0 (03800)
값 18,000원

중계석 너머, 삶의 깊이를 읽어 내는 시선

권성욱의

더 오프닝

The Opening

KBO
공식
추천 도서

끝났다고 생각한 순간,
다시 배트를 쥔 당신에게 바치는 짜릿한 샤우팅!!

답

Contents

가장 넓은 바다는
아직 항해 되지 않았고

가장 먼 여행은
아직 끝나지 않았습니다.

이제 한 달의 시간이 남아있지만,
그 끝은 아직 아무도 가보지 못한 길입니다.

그 끝이 창대할지
그 마지막이 미약할지
알 수는 없지만
아무도 가보지 못한 길을 걸어갑니다.

가보지 않은 길에 대한 두려움도 크지만
기대감은 발걸음을 재촉합니다.

오늘 걸어가는 이 길은
가고자 했던 그 길의 어디쯤일까요?

'카톡!'

2023년 3월쯤. 여느 때와 다르지 않게 사무실에서 이런저런 잡다한 업무를 보고 있을 때였다. 사내 후배로부터 카톡이 하나 날아왔다.

'형님, 요즘 MZ들의 등불이 되어주고 계셨군요.^^'
'??? 뭔 얘기?'

무슨 얘기인지 전혀 모르겠다는 나의 반응에 후배는 유명 유튜버 '미미미누'님의 유튜브 동영상 링크를 공유해 주었다. 후배가 보내준 동영상은 입시와 교육 관련 콘텐츠를 제작하는 유튜버인 '미미미누'님이 회계사에 도전하는 한 학생과 인터뷰하는 내용이었다. 인터뷰 중에 회계사에 도전하는 학생이 동기부여가 필요할 때 보는 영상이라며 2021년 10월 7일 삼성라이온즈와 NC다이노스의 경기에서 썼었던 오프닝을 들려주었다.

그때 처음 확인을 했다.

내가 써온 오프닝멘트가 누군가의 삶 속에, 누군가의 걸음 속에 스며있다는 것을. 남들과는 조금 다른 방식으로 중계방송을 열고 싶다는 마음으로 오프닝을 쓰기 시작한 지 거의 스무 해 만의 일이었다. '미미미누'님의 인터뷰에서 오프닝을 언급한 학생은 자신뿐 아니라 한 달 앞으로 다가온 수능 수험생에게도 동기부여가

　　　　　　　　　　　　　　　권성욱의 더 오프닝

됐으면 한다고 소개했지만, 이 오프닝은 수험생만을 위해서 쓴 것은 아니었다.

삼성라이온즈는 1982년부터 시작된 프로야구 역사에서 눈부신 기록과 영광을 간직한 팀이다. 프로야구 원년 멤버이면서 롯데자이언츠와 더불어 원년부터 팀명을 그대로 유지하고 있는 유이唯二한 팀이다. 총 8번의 한국시리즈 우승. 9번의 정규시즌 우승. 31번의 포스트시즌 진출. 특히 9번의 정규시즌 우승과 31번의 포스트시즌 진출은 삼성라이온즈만이 가지고 있는 대기록이다.

프로야구 역사에서 '왕조王朝'라는 타이틀을 붙일 수 있는 팀은 생각보다 많지 않다.

삼성라이온즈는 야구팬이라면 누구나 인정하는 '삼성왕조'를 구축했다. '타이거즈 왕조'를 이끈 명장 김응룡 감독을 영입한 삼성라이온즈는 2002년 한국시리즈에서 첫 우승을 달성하면서 왕조의 기반을 닦았다. 그 뒤를 이어받은 김응룡 감독의 애제자이자 '국보 투수'였던 선동열 감독은 2005년, 2006년 두 시즌 연속 한국시리즈 우승을 차지하면서 왕조의 서막을 알렸다. 그러나 진정한 '왕조의 전성기'를 이룬 것은 류중일 감독이었다. 류중일 감독은 2011년부터 2014년까지 4년 연속 삼성라이온즈를 한국시리즈 우승으로 이끌며 그야말로 '왕조'의 위엄을 누렸다. 그러나 열흘 붉은 꽃이 없다고 했던가 누구도 꺾을 수 없을 것만 같던

'왕조'의 기세는 한순간에 꺾이고 말았다.

2015년 당연한 듯 한국시리즈에 진출한 삼성라이온즈는 '새로운 시대'의 시작이라는 역사의 변화를 정면으로 맞이했다. 한국시리즈 1차전을 가져갔지만 내리 4패를 당하면서 5년 연속 한국시리즈 우승이라는 대기록은 무산되었고 '미라클'두산베어스가 열어가는 '새로운 시대'를 쓸쓸하게 지켜보게 되었다. 시절이 화려했기에 팀의 쇠락은 더없이 처참했다.

9,9,6,8,8

삼성라이온즈의 암흑기는 마치 승리를 걸어 잠근 비밀번호처럼 길게 이어졌다. 공교롭게도 삼성라이온즈의 암흑기는 대구삼성라이온즈파크로 이전한 2016년부터 이어져 새집증후군의 여파가 너무 크다는 농담이 슬프게까지 들렸다.

튀르키예의 혁명 시인 나짐 히크메트의 '진정한 여행'을 읽은 것은 우연이었다. 집에서 빈둥거리며 SNS를 뒤적이던 중 '진정한 여행'을 읽게 됐다. 그 시詩는 나에게 아직 가보지 못한 길에 대해 기대하게 했다. 가보지 못한 길에 대한 기대감은 암흑기를 거쳐 새로운 시대에 다가서는 삼성라이온즈를 떠올리게 했고, 6년 만에 정상에 도전하는 삼성라이온즈의 여정과 맞닿아 있다는 생각이 들었다. 2021년 삼성라이온즈는 5년의 긴 암흑에서 깨어나고 있었고 팬들은 라팍삼성라이온즈파크의 첫 가을을 기대했다.

  2021년 삼성라이온즈의 정규시즌 최종 성적은 76승 59패 9무 승률 5할 6푼 3리로 정규시즌 1위였다. 그러나 KT위즈 또한 76승 59패 9무로 역시 정규시즌 1위였다. 두 팀은 정규시즌 144경기를 치르고도 순위를 가르지 못한 채 공동 1위를 기록했다. 2020년 1위 팀이 같을 경우, 단판 승부로 순위를 정한다는 규칙이 정해진 이후 처음으로 타이 브레이크tiebreak 경기가 치러지게 됐다. 2021년 10월 31일 정규시즌 맞대결에서 9승 6패 1무로 앞선 삼성라이온즈의 홈인 대구삼성라이온즈파크에서의 사상 첫 타이브레이크 경기. 삼성라이온즈의 선발은 팀의 에이스 원태인. KT위즈는 단 이틀을 쉬고 다시 마운드에 오르는 외국인 투수 윌리엄 쿠에바스. KT위즈의 초강수였다.

  정규 시즌 우승 타이틀을 건 단판 승부였다. 원태인과 윌리엄 쿠에바스의 투수전은 눈부셨다. 그리고 승부를 가르는 데 많은 점수가 필요하지 않았다. 6회에 터진 강백호의 적시타. 한 점이면 충분했다. NC다이노스전 108구를 던지고 이틀 만에 등판한 윌리엄 쿠에바스의 7이닝 99구 무실점 투혼. 정규시즌 우승의 타이틀은 KT위즈에게 안겨졌다. 그리고 KT위즈는 그해 창단 첫 한국시리즈 우승의 영광을 차지했다. 정규시즌 우승을 놓친 삼성라이온즈는 이후 플레이오프에서 두산베어스에게 패하면서 한국시리즈 진출에 실패했고 2021년 삼성라이온즈의 도전은 거기까지였다.

삼성라이온즈의 2021년 마지막은 미약했던 걸까? 아니면 6년 만의 포스트시즌 진출로 창대했던 걸까? 6년 만에 가는 길이 낯설었을까? 기대감에 걸음을 재촉했을까? 아직 삼성라이온즈의 여행은 끝나지 않았다.

도전은 늘 불안하다.
두려움은 발걸음을 무겁게 붙잡지만, 기대는 등을 떠민다. 가보지 않은 길이기에 마음은 흔들린다. 그러나 가보지 않았기에 가능성은 늘 무한히 열려있다. 이미 누군가 걸어간 길이라면 마음은 놓이겠지만 설레지는 않았을 것이다.

'지금 걷고 있는 이 길은 내가 가고자 했던 그 길의 어디쯤일까?'
지금 어디쯤 와 있는지는 중요하지 않다. 중요한 것은 가고자 하는 방향이다. 속도도 중요하지 않다. 속도보다 중요한 것은 멈추지 않고 걷고 있냐는 것이다.

간혹 SNS에 이 오프닝이 뜰 때가 있다. 그때마다 나 또한 생각하게 된다.

 　　　　　　　　　　　　　　　　　　　권성욱의 더 오프닝

그 당시 '미미미누'님과 인터뷰를 했던 회계사 지망생은 꿈을 이루었을까? 꿈을 이루었든 아니든 지금 어디쯤 가고 있을까? 그리고 나의 여행은 어디쯤 와 있는 걸까? 오늘 걸어가는 이 길은 내가 가고자 했던 그 길의 어디쯤일까?

이종범의 후예들이 첫 만남을 갖습니다.

바람의 손자와 제2의 이종범의 첫 번째 대결.
미래를 책임질 후예들의
진정한 후계자를 점쳐볼 수 있는 시간.

그리고 또 한 명의 미래가 기다리고 있습니다.
거침없는 스윙으로 리그에 바람을
불러일으키고 있는 새로운 별.

고척 스카이돔을 반짝이게 할 새로운 별들의 대결!
지금 시작합니다.

1루

2022년 4월 22일 기아타이거즈와 키움히어로즈의 시즌 첫 번째 대결.

이날 대결의 관심사는 '바람의 손자'이정후와 '제2의 이종범' 김도영의 첫 만남이었다. 슈퍼스타의 후손이자 당시 리그 최고의 스타 그리고 한국 야구를 이끌 유망주의 대결이었다. 프로야구는 이슈가 필요했고 이야깃거리로 충분했다.

더욱 흥미를 끈 것은 김도영의 수비 포지션이었다. 타이거즈 팬들에게 김도영이 진정한 이종범의 후계자가 되려면 같은 포지션인 유격수를 맡는 것이 당연한 순서였다. 그러나 주전 유격수 박찬호가 건재했기에 김도영은 3루수로 시즌을 출발했다. 그런데 공교롭게도 이날 박찬호가 부상으로 빠지면서 김도영에게 유격수의 기회가 열렸다. 이정후와의 첫 대결에서 유격수 출전은 김도영의 입장에서는 가슴 설레는 상황이었다.

김도영은 19살 프로 첫 시즌이었다. 고등학교 시절부터 '제2의 이종범'이라는 기대를 받아왔지만, 프로의 세계는 고등학교 레벨과는 달랐다. 타율은 2할을 넘지 못했고 3루수 자리도 아직은 낯설었다. 그러나 김도영은 위축되지 않았다. 스윙은 거침이 없었고 자신의 가치를 서서히 입증하기 시작했다. 팬들이 부르는 '제2의 이종범'이 아닌 김도영이라는 이름을 각인시키고 싶어 했다.

　　　　　　　　　　　　　　　　　

매일은 부담이 아니라 설렘이었다.

40여 년간 프로야구는 팬들의 사랑으로 성장해왔다. 시작의 각오는 국민에게 꿈과 희망을 주겠다는 것이었다. 그러나 시간이 흐를수록 야구가 팬들에게 보답하는 것보다 팬들이 야구에 쏟는 사랑과 관심이 더욱 크다고 느껴진다. 팬들의 관심과 사랑이 없다면 프로야구는 존재의 의미가 없다. 팀의 인기도 중요하지만, 스타플레이어가 만들어 내는 영향력 또한 크다. 그중에서도 슈퍼스타의 영향력은 엄청나다. 팬들을 야구장으로 끌어들이고 프로야구 산업 전체에 긍정적인 영향력을 행사한다.

개인적으로 프로야구 역사에서 슈퍼스타의 첫 출발은 이종범이 아닐까 생각한다. 물론 이종범 이전에 많은 스타플레이어들이 있었지만, 슈퍼스타의 경지에까지 오른 선수는 이종범이 처음일 것이다. 이종범은 단순히 잘한다는 경지를 넘어서 그라운드를 지배하는 힘이 있었다. 스타플레이어들이 즐비했던 해태타이거즈 내에서도 그의 존재감은 빛났다. 해태타이거즈의 이종범이 아니라 한국프로야구의 이종범이었다.

스타플레이어가 팬들의 사랑을 받는 존재라면 슈퍼스타는 사랑을 넘어 동경憧憬과 우상偶像의 경지까지 올라선 인물이다. 야구만 잘하는 것이 아니라 행동 하나하나, 말 한마디가 대중에게 미치는 영향이 스타플레이어와는 또 다르다. 슈퍼스타는 팬들을 움직이게 하는 힘이 있다. 실력은 물론이고 서사와 상징성이 더해진다. 자리에 서 있는 것만으로 지배력이 빛난다. 식어있던 경기 온도를 힘껏 끌어올리며 훌륭한 숫자를 넘어서 시대를 대표하는 상징이다.

야구를 보다 보면 뭔가 일어날 것 같다는 기대감이 들 때가 있다. 이종범이 타석에 들어설 때, 그가 누상에 나갔을 때, 유격수 자리에 들어섰을 때 그랬다. 늘 기대감을 불러일으켰고 거기에 응답했다.

이종범은 1993년에 데뷔했다. 데뷔 첫해 2할 8푼, 16홈런, 53타점을 기록했다. 신인 선수로서는 훌륭한 기록이지만 이종범이라는 것을 생각한다면 다소 평범한 기록이었다. 그러나 이종범은 그해 한국시리즈를 휘저어 놓았다. 3할 1푼, 4타점 그리고 한 경기 3개의 도루, 총 7개의 도루를 한국시리즈에서 기록해 MVP를 받았다. 슈퍼스타는 큰 무대에서 더욱 강렬한 빛을 냈다.

이종범의 1994년은 프로야구 역사에 기록될 만한 시즌이었다. 이종범은 데뷔 2년 차인 1994년 타율 3할 9푼 3리, 196안타, 19홈런, 84도루, 1.033 OPS출루율과 장타율을 합한 값.를 기록했다. 프로야구 역사상 처음으로 4할 타율에 200안타 그리

                                      권성욱의 더 오프닝

고 100도루를 넘어설 기세였다. 최근 기준 평가 지표로 보면 당시 이종범의 WAR 타격·주루·수비·포지션까지 폭넓게 반영하는 지표은 11.83, wRC+ 타격(출루·장타) 중심의 득점 생성량 지표는 201.9를 기록했다. 스탯티즈 기준. 1994년 기록한 이종범의 11.83의 WAR은 역대 프로야구 야수 한 시즌 최고 기록이다. 더 놀라운 것은 이 모든 기록을 팀의 유격수 자리를 지키면서 이룩해 낸 성과라는 것이다. 슈퍼스타를 정의한다면 그건 이종범일 것이다. '야구는 이종범'이라는 이야기가 정확했다.

2021년 8월 신인 드래프트에 모든 야구팬의 관심이 몰렸다. 1차 지명 1순위 지명권을 가지고 있는 기아타이거즈가 과연 누구를 뽑을 것인가가 초미의 관심사였다. 당시 1차 1순위 후보는 광주 동성고등학교 졸업 예정의 김도영, 광주 진흥고등학교 졸업 예정의 문동주였다. 야구팬들에게 잘 알려진 바로 '문·김 대전'이었다.

대부분의 팬들은 150km/h를 던지는 완성형 투수인 문동주를 먼저 뽑을 것으로 예상했다. 신인 드래프트에서는 일반적으로 투수를 우선시하기 때문이다. 더군다나 모든 팀이 탐내는 미래의 에이스 문동주를 뽑을 기회였다. 그러나 기아타이거즈는 야수 김도영을 선택했다. 기아타이거즈는 공·수·주 삼박자가 모두 뛰어난 '제2의 이종범'을 뽑는 것이 당연하다고 했다.

　오랜 타이거즈 팬들은 김도영을 보며 그 시절의 이종범을 떠올렸다. 뛰어난 신체 능력과 폭발적인 경기력, 단단한 정신력까지 팬들을 매료시켰던 이종범을 투영했다. 잘 치고 잘 뛰고 강한 어깨를 자랑하는 김도영은 야구선수에게 필요한 모든 것을 갖추었다. 타이거즈 왕조를 기억하는 팬들에게 김도영은 이종범의 부활이었다. '제2의 이종범'이라는 별명이 그냥 붙여진 것이 아니었다.

　김도영의 등장 전 이미 KBO리그에서 실질적인 이종범의 후계자는 이정후였다. '바람의 아들' 이종범의 아들 '바람의 손자' 이정후다. 이정후의 등장은 KBO리그에 센세이션을 일으켰다. 휘문고등학교를 졸업하고 2017년 히어로즈에 1차 지명으로 입단한 이정후는 이종범의 아들이라는 것만으로 입단 전부터 관심의 대상이었다.

　이정후는 2017년 데뷔해 2023년을 끝으로 메이저리그에 진출하기 전까지 7시즌 동안 단 한 번도 3할을 놓치지 않았다. 그리고 2017년 신인왕을 받은 후 5년 연속 외야 부문 골든글러브를 받았다. 더욱 놀라운 것은 매 시즌 기록이 상승했다는 점이다. 데뷔시즌 114.2wRC+와 2.69의 WAR로 시작해 정점을 찍은 2022년에는 186.4wRC+, WAR 8.77까지 숫자가 치솟았다. 데뷔시즌에 보여준 기록도 놀라웠지만 매 시즌 성장해간다는 것이 예사롭지 않았다.

또한, 이정후는 그의 아버지가 그랬던 것처럼 그라운드에 있는 것만으로 공기를 바꾸는 선수였다. 뛰어난 콘택트 능력과 빠른 발 그리고 강한 어깨는 자연스럽게 그의 아버지를 떠올리게 했다. 거기에 젊은 나이에도 불구하고 팀을 끌고 가는 카리스마와 통솔력은 그의 가치를 더욱 높였다. 이정후가 속한 히어로즈는 늘 약팀으로 평가받았다. 그러나 이정후는 히어로즈에 있는 7년 동안, 총 5번의 포스트시즌 진출과 2019년, 2022년 두 번의 한국시리즈 진출을 이끌었다. 슈퍼스타의 유산遺産은 세대를 넘어 이어진다는 것을 그때 깨달았다.

'바람의 손자'와 '제2의 이종범'의 만남. 이날 이정후는 히어로즈의 3번 타자로 출전해 4타수 2안타 1타점으로 기대대로 좋은 활약을 보였다. 김도영은 기아타이거즈의 1번 타자이자 유격수로 출전했다. 김도영은 첫 타석에서 이정후 앞에 중전안타를 기록하며 의미 있는 출발을 보였다. 그러나 나머지 타석에서는 안타를 추가하지 못했고 삼진 두 개를 당했다. 이날 안타로 김도영은 7경기 연속 안타를 기록하기도 했지만, 아직 성장통을 겪는 중이었다. 타율은 아직 2할을 넘지 못했고 처음 맡아보는 3루수 자리에 적응하지 못했다. 그러나 그 또한 과정이었을 것이다. 신인 선수에서 주목받는 스타플레이어로, 그리고 슈퍼스타로 성장하기 위한 과정이었다.

프로야구는 출범 초창기에도 10년 전에도 그리고 지금도 여전히 팬들의 사랑으로 살아 숨 쉰다. 그리고 그 사랑의 정점에 시대를 대표하는 선수들이 있었다. 팬들은 이종범을 사랑했고 이종범은 이정후라는 슈퍼스타를 팬들에게 선사했다. 당시 김도영은 후계자의 자질을 시험받고 있었다. 슈퍼스타의 탄생과정은 절대 순탄하지 않다. 그리고 누구에게나 허락되지 않는다. 슈퍼스타가 등장하면 환호로 맞이하고 준비를 마치면 모두가 침묵하며 결과를 기다린다.

우리가 살아온 모든 시대에 스타플레이어는 늘 있었지만, 슈퍼스타가 항상 존재했던 것은 아니다. 그들에게 재능과 노력은 공존하지만, 시대와 서사 그리고 기대까지 한 선수에게 집중되는 것은 쉽지 않다. 우리가 누군가를 슈퍼스타로 기억한다면 그 선수는 그 모든 것을 이뤘다는 것을 의미한다.

이정후는 슈퍼스타의 아들이라는 무게감을 견뎌냈다. 그리고 스스로 후계자의 자격을 입증했다. 그 과정에서 아버지의 역할은 끼어들 수 없었다. '바람의 아들'에서 '바람의 손자'로 슈퍼스타의 DNA는 프로야구의 서사를 이어갔다. 당시 김도영에게 '제2의 이종범'이라는 기대는 무거웠다. 김도영도 후계자의 자격을 스스로 입증해야 했다. 그를 향한 질문은 계속되고 있다. 프로야구는 새로운 슈퍼스타의 강림을 늘 기다린다.

* 이정후는 2023년이 끝난 후 샌프란시스코 자이언츠로 이적해 메이
저리거가 됐다. 김도영은 2024년 최고의 한 해를 보냈다. 박재홍
이후 24년 만에 국내 선수 30-30클럽에 가입했다. 또한, 팀의 우승
과 더불어 KBO리그 MVP를 거머줬었다. 김도영은 슈퍼스타임을
스스로 입증했다.

7년 연속 한국시리즈의 위대한 업적을 쌓은
팀의 위상이 흔들리고 있습니다.

열흘 붉은 꽃이 없듯이,
이제 그들의 시대도 이대로 저물어가는 것일까요?
아직 시즌은 많이 남아있고
팬들의 기대 또한 흐트러짐이 없습니다.

역사가 들려주는 흥망성쇠 그 피할 수 없는 운명.
영광과 쇠락의 갈림길에서 늘 기적을 보여주었던 팀.

이번 시즌 그들은 우리에게
또다시 기적을 보여줄 수 있을까요?

1루

중계가 없는 날이었다. 라디오를 들으며 퇴근하는 길. 항상 듣는 라디오 프로그램이 시작되었다. 타이틀 음악이 흘러나오고 DJ의 오프닝 멘트가 시작되었다.

새벽을 위해 외투를 준비하듯 겸손함을 준비할 것
그리고 따뜻한 한낮을 위해 언제든 벗을 수 있는
홀가분함을 준비할 것
또한 두려움 없는 아이처럼 가볍고 순수한 마음도 챙길 것
영원히 이런 순간이 계속될 것이라는 교만함이나
영원히 힘겨우면 어쩌나 하는 두려움을 버릴 것
지치지 않도록 좌절하지 않도록….

그날의 오프닝은 이후 내 인생의 좌우명이 되었다. 지금 좋은 일이 있어도 영원하지 않다. 그리고 영원히 힘겨울 것이라는 두려움을 가질 필요도 없다. 세상에 영원한 것은 없기에 겸손하게 새벽을 준비하고 따뜻한 낮을 기다리며 홀가분함을 챙겨야 하는 것이 아닐까? 한동안 잊고 있었다. 세상에 영원한 것은 없다는 지극히 평범한 진리를 퇴근길 라디오를 통해 다시 깨우쳤다.

스포츠에서는 '왕조'라는 표현을 쓴다. 표현 그대로 오랫동안 정상의 자리를 지킨 팀을 일컫는 말이다. 좀 더 구체적인 조건을 붙이자면 기본적으로 '쓰리핏3-peat'을 달성한 팀을 왕조로 인정

 권성욱의 더 오프닝

한다. 약간의 말장난이 들어가 있다. 'Three-repeat'즉 쓰리 리핏을 '쓰리핏'으로 줄인 것이다. 쓰리핏, 즉 3시즌을 연속으로 우승했다는 뜻이다. 처음 쓰이기 시작한 것은 NBA에서였다.

쓰리핏 기준으로 KBO리그를 보면 '왕조'로 인정할 수 있는 팀은 두 팀 정도다. 1986년부터 1989년까지 4년 연속으로 한국시리즈 우승을 한 해태타이거즈 그리고 2011년부터 2014년까지 역시 4년 연속 우승을 한 삼성라이온즈가 쓰리핏의 기준을 충족한다. 두 팀은 누가 뭐래도 KBO리그 역사를 빛낸 '왕조'를 구축했다.

쓰리핏의 기준에는 조금 모자라지만 왕조로 인정받는 팀은 세 팀 정도다. 짧은 팀의 역사지만 불꽃같이 강한 흔적을 남기고 사라진 현대유니콘스. 인천야구의 화려한 부활을 알린 SK와이번스 그리고 '미라클'이라 불렸던 두산베어스. 이 팀들의 공통점은 카리스마 넘치는 리더들이 팀을 끌어왔다는 것이다. 해태타이거즈의 김응룡 감독은 말할 것도 없고 명 유격수 출신의 김재박 감독. 야구의 신이라 불렸던 김성근 감독. 승부사 김태형 감독. 모두 특유의 카리스마로 팀을 정상까지 이끌었다. 특히 김태형 감독은 KBO리그 역사상 최초로 두산베어스를 7년 연속 한국시리즈에 진출시켰고, 그 카리스마는 롯데자이언츠에서도 유효하다.

현대유니콘스는 1998년부터 2004년까지 7년간 네 번 한국시리즈 우승을 차지하며 절대 권력을 과시했다. SK와이번스는 2000년대 강팀이었다. 김성근 감독의 SK와이번스는 2007년부터 2010년까지 4년 연속 한국시리즈에 진출했고 그 가운데 세 번 우승을 가져갔다. 두산베어스의 시절은 좀 더 길었다. 2015년 한국시리즈 우승을 차지한 이후 2021년까지 매년 한국시리즈에 진출해 두 번의 우승을 더 만들어냈다. 이 세 팀은 쓰리핏을 달성하지는 못했지만, 오랜 기간 강팀의 면모를 유지해 '왕조'라 불릴 만했다.

왕조를 이룬 혹은 왕조에 준하는 성적을 낸 팀들이 모두 화려한 시절을 보냈지만 그중 가장 기복 없이 긴 시간 정상을 유지했던 팀은 두산베어스다. 2015년부터 2021년까지 두산베어스가 이룩한 7년 연속 한국시리즈 진출은 전무후무한 기록이다. 프로야구 초창기 시절 아홉 번의 한국시리즈 우승을 기록한 해태타이거즈도 7년 연속으로 한국시리즈에 진출하지는 못했다. 그러기에 이 시기의 두산베어스를 '미라클'이라고 불렀던 것 아닐까?

두산베어스의 또 다른 이름은 '화수분'이었다. 끊임없이 좋은 선수가 튀어나왔고 그들은 어김없이 팀의 구원자가 되었다. 그들은 두산베어스만이 아니라 한국 프로야구의 구원자이기도 했다. 김현수, 이종욱, 손시헌 등은 두산베어스 우승의 주역이면서 동

   권성욱의 더 오프닝

시에 이적 후 다른 팀의 우승 주역이기도 했다. 이들이 팀을 떠난 뒤에도 두산베어스에서는 훌륭한 선수의 공급은 계속 이루어졌다. 민병헌이 팀을 이끌었고 천재 유격수 김재호가 탄생했다. 박건우와 정수빈은 드넓은 잠실야구장의 외야를 책임졌다. 무수히 많은 선수가 팀을 떠났지만, 그럴 때마다 두산베어스는 항상 새로운 답을 찾아냈다.

야구인들은 화수분의 근본을 두산베어스만의 육성 철학에서 찾는다. 약 10년 전인 2016년 두산베어스의 개막전 라인업을 보면 허경민, 정수빈, 민병헌, 양의지, 오재원, 박건우, 최주환, 김재호로 이루어져 있다. 모두 두산베어스에서 신인 드래프트를 통해 선발해 자체 육성만으로 1군 무대에 선 선수들이다. 외부 영입이나 트레이드가 아닌 자체 육성을 통해서 라인업을 채우고 훌륭한 결과를 만들어 낸 것은 두산베어스만의 육성 철학이 있었기 때문에 가능했다.

2022년 5월 26일 두산베어스와 한화이글스의 대결. 아직은 시즌 초였다. 그 무렵 최대 이슈는 두산베어스의 부진이었다. 승률 5할은 이미 무너졌고 팀의 자리는 낯선 7위였다. 경기 당시 최근 10경기 성적은 1승 1무 8패로 처참했다. 2021년 MVP 아리엘 미란다는 자리를 비운 지 오래였고 곽빈과 이영하는 기복이 있었다. 타선은 침묵했고 대체할 자원은 눈에 띄지 않았다. 지난

7년의 영광이 먼 옛날의 동화처럼 비현실적으로 여겨졌다. 전문가들은 기다렸다는 듯이 단순한 부진이 아니라는 우려 섞인 전망을 내놓았다. 화려함이 컸기에 2022년 두산베어스의 몰락은 더욱 참담했다. 마치 그들의 시간은 영원할 것 같았지만, 결국 영원한 것은 없었다.

2022년 두산베어스의 최종 순위는 9위였다. 이는 1982년 프로야구 원년 이후 두산베어스가 기록한 가장 낮은 순위였다. 2022년에 기록한 패배가 무려 80패가 넘었다. 특별한 징후가 있었던 것은 아니었다. 직전 시즌인 2021년 두산베어스는 와일드카드에서 시작해 비록 우승하지는 못했지만, 한국시리즈에 진출해 강팀의 저력을 보였기 때문이다. 늘 강한 전력을 유지할 것만 같았던 두산베어스에 모든 악재가 한꺼번에 들이닥쳤다. 어쩌면 그동안 누적되고 드러나지 않았던 문제들이 표면 위로 터져 나온 것이라고 볼 수 있다.

화수분으로 불렸던 육성도 결국은 한계를 보였다. 오랜 시간 강팀으로 군림하면서 신인 드래프트에서 항상 후순위로 밀렸고 이에 따라 좋은 자원을 뽑는 데에 한계가 생겼다. 또한, FA 등으로 인한 선수 유출이 빠르게 진행되면서 공백이 생겼다. 어쩔 수 없이 그 공백을 메우기 위해 퓨처스에서 완전히 숙성되지 못한 선수가 1군에 데뷔를 하게 됐다. 이런 상황이 누적되면서 팀의 전력은 약화되었고 선수의 공백은 결국, 세대교체의 타이밍마저 놓치게 했다. 부진의 악순환이었다. 명장 김태형 감독도 선수층의 한계를 뛰어넘을 수는 없었다.

왕조의 시절은 비할 바 없이 화려했다. 해태타이거즈도 현대유니콘스도 그랬다. 삼성라이온즈는 무너질 것 같지 않았다. 그러나 그 화려함도 결국은 영원하지 못했다. 무너지는 순간은 그동안 쌓아온 시간에 비해 너무나 짧았다. 오랜 시간 공을 들여 전력을 갖추고 힘을 길러 왔다. 그리고 영광의 시절을 누렸지만, 그 끝은 너무나 허무했다. 아무도 그 순간이 오리라는 것을 눈치채지 못했고 대비하지 못했다. 결국, 모든 것은 시간 앞에 무너지고 말았다. 가장 화려한 순간도 결국 바람에 흔들렸다.

'영원한 것은 없다'라는 진리는 더는 새로울 것이 없다. 그러나 우리는 늘 잊고 산다. 지금의 고통이 영원히 나를 괴롭힐 것 같다는 생각에, 지금, 이 순간의 행복이 영원하리라는 착각 속에 산다. 그러나 신은 열흘 이상 붉은 꽃을 허락하지 않았고 10년 넘는 권력을 용인하지 않는다. 시간의 힘을 넘어서는 진리는 세상에 없다.

이 원칙은 승부의 세계에서도 예외는 아니다. 영원한 강자도 영원한 약자도 없다는 말은 너무 흔한 말이기도 하지만 가장 정확한 진리이기도 했다. 왕조를 이루었던 팀의 몰락은 여지없이 낙폭이 깊고 길었다. 대부분 올라간 높이보다 더 깊은 추락을 맛보았다.

시간이 흘렀지만 남아있는 것은 기억이다. 팬에게는 아직 왕조의 기억이 선명하다. 그리고 진정한 시작은 여기에서 출발한다. 아직 남아있는 기억에서 새로운 희망을 찾아야 한다.

늘 봄날일 수 없듯이 겨울 또한 영원하지 않다. 시간을 이기지는 못하지만, 시간을 기다리는 것은 가능하다. 그 기다리는 시간 속에서 우리는 무엇을 해야 할까? 우리가 먼저 해야 할 일은 이 순간이 계속되리라는 교만함과 언제까지나 힘들지도 모른다는 두려움을 내려놓는 것이다. 그리고 기다림의 시간 동안 다시 일어서는 법을 터득해야 한다.

지금 이곳에 한낮의 온기가 남았더라도 우리는 다가올 새벽을 위해 겸손함을 담은 외투를 꺼내야 한다.

The Opening

권성욱의 더 오프닝

SAMSUNG
Lions

1루

발사각發射角 혁명에 이어서 이제는 구속球速 혁명까지
이제 팬들의 관심은 온통 구속입니다.

오늘 양 팀의 마운드에는
서로 다른 의미의 구속이 관심사인 선수가 대결합니다.
시속 160km/h에 달하는 빠른 공과
시속 130km/h대 초반의 또 다른 빠른 공.

그러나 정작 관건은 구속이 아닌 방향方向.
인생은 속도가 아닌 방향이듯
두 선수의 고민 역시 방향입니다.

우리의 가슴을 뛰게 할
서로 다른 의미의 빠른 공은
오늘 어디로 향할까요?

야구의 기원은 오래되었지만, 그 본질은 변하지 않았다. 야구의 기본 개념인 때리고 던지는 것은 예나 지금이나 변함이 없다. 여전히 야구는 인간의 본능이라 할 수 있는 때리고 던지는 행위의 원형을 유지하고 있다. 그러나 현대 야구로 넘어오면서 때리고 던지는 본능을 넘어 과학적인 분석과 운동 역학이 담기기 시작했다.

2000년대 중반을 넘어서면서 야구의 데이터 분석이 보편화 되었고 야구에 대한 새로운 시각과 이론들이 나오기 시작했다. 그 중 대표적인 것이 '뜬공 혁명' 혹은 '발사각 혁명'으로 불리는 타격 이론이다. 즉 기존 타격 지도자들이 강조하던 라인 드라이브성 타구 대신 타구의 발사각을 높여서 타구를 띄우는 것이 더 좋은 결과를 만들어낸다는 것이다. 이런 '발사각 혁명'은 야구의 많은 부분을 바꾸어 놓았다. 타자들은 공을 더 띄우기 위해서 타격 자세를 바꾸었으며 더 멀리 치기 위해서 근육의 양을 늘렸다. 짧은 안타보다는 홈런 한 방을 노리는 스윙이 더 가치가 있다고 여겼다. 단점도 물론 있다. 모든 타자가 홈런만 노리다 보니 야구가 마치 올스타전 '홈런 더비'처럼 변해갔다. 홈런의 반대급부인 삼진의 개수가 폭증했으며 상황에 맞는 타격이라던가 컨택 능력에 대한 존중은 줄어갔다.

타자들의 '발사각 혁명'을 투수들이 가만히 지켜볼 리는 없었다. 투수들도 마운드에서 살아남기 위해 '발사각 혁명'에 대한 답

 권성욱의 더 오프닝

을 내놓았다. 바로 '구속 혁명'이다. 한때는 150km/h만 던져도 쉽게 치기 어려운 빠른 공이라는 평가를 받았지만, 최근에는 기술적 발전과 트레이닝 시스템의 고도화로 투수의 구속을 극대화하는 것에 초점을 맞추고 있다. 이제는 최고 구속 150km/h가 아닌 평균 구속 150km/h, 최고 구속 160km/h에 가까워야 '빠른 공'을 가졌다고 얘기할 수 있다. 타자들이 강하고 높이 띄우는 공을 치며 투수들을 괴롭혔다면 투수들은 더 빠르고 강한 공으로 그런 타자들에게 맞불을 놓은 것이다.

이러한 '구속 혁명'을 가장 성공적으로 도입한 나라가 일본이다. 과거 '현미경 야구', '세밀한 야구'의 대명사였던 일본은 특유의 세밀함에 구속과 파워까지 겸비하면서 WBC와 올림픽을 통해서 일본야구의 강함을 증명했다. 예전에는 정교하기만 했던 일본 투수들의 투구가 이제는 정교함에 빠르기까지 갖춰 세계 최고 수준의 투수들을 배출했다.

우리나라도 몇 년 전부터 150km/h를 넘나드는 젊은 투수들이 눈에 띄게 많아졌다. 특히 최근 프로에 지명된 투수들 대부분이 150km/h의 빠른 공을 장착하고 있다. 고등학교 시절부터 체계적인 트레이닝과 훈련을 통해 150km/h가 넘는 빠른 공을 던질 수 있는 충분한 신체 조건을 만든 것이다. 대한민국 프로야구 역시 '구속 혁명'의 흐름에 늦게나마 합류하고 있다.

그러나 골프가 누가 더 멀리 치나를 겨루는 스포츠가 아닌 것처럼 야구도 누가 더 빠른 공을 던지느냐로만 승부가 나는 스포츠가 아니다. 골프에서 장타자가 유리하기는 하지만 그것이 절대적인 것은 아니다. 야구에서도 강속구 투수가 매력이 있지만, 제구력이 받쳐주지 못한다면 강속구는 무용지물이다. 속도가 결과를 보장하지는 않는다. 방향을 잃은 속도는 의미가 없다. 정교함이 받쳐주지 못한다면 빠른 공은 의미를 잃는다.

2023년 4월 18일 삼성라이온즈와 키움히어로즈의 시즌 첫 대결. 양 팀의 선발 투수는 극명한 대조를 이뤘다. 삼성라이온즈는 백정현 그리고 키움히어로즈는 장재영. 150km/h 중후반을 넘나드는 강속구 투수 장재영 그리고 130km/h 중반의 구속으로 '승부'를 하는 좌완 투수 백정현의 대결이었다.

야구 명문 덕수고등학교 출신의 장재영은 고교 시절부터 160km/h에 육박하는 강속구로 이미 야구계에서는 유명했다. 1차 지명은 당연했다. 관심사는 2021년 신인 드래프트 서울지역 1순위 지명권을 가지고 있는 키움히어로즈와 얼마에 계약하느냐가 더 큰 관심이었다. 미국에 진출할 것이라는 소문도 돌기도 했지만 결국 장재영은 국내 잔류를 선택했다. 그리고 키움히어로즈는 장재영에게 신인 계약금 9억이라는 큰 선물을 안겼다. 신인 계약금 9억은 2006년 한기주의 10억에 이은 역대 두 번째로 큰 액수다.

9억의 계약금을 받고 입단한 만큼 야구팬들의 관심이 장재영의 일거수일투족에 쏠린 것은 너무나 당연했다. 입단 후 2021년과 2022년은 1군보다는 퓨처스에서 더 많은 시간을 보냈다. 강속구를 던졌지만, 아직 경험이 부족해 퓨처스에서 좀 더 경험을 쌓게 했다. 가장 먼저 풀어야 할 과제는 역시 제구력이었다. 빠른 공을 던지지만, 많은 사사구는 풀어야 할 숙제로 계속 따라다녔다. 2년의 시간이 흘렀고 2023년 이제 장재영은 자신의 가치를 입증해야 하는 시즌이었다.

백정현은 백전노장이다. 대구의 상원고등학교를 졸업하고 2007년 2차 1라운드 전체 8번으로 삼성라이온즈에 입단한 그는 삼성라이온즈의 최고령 투수다. 백정현은 모든 면에서 상대 투수 장재영과 대칭점에 서 있다. 구속보다는 제구력과 경험을 바탕으로 타자를 상대한다. 최고 구속은 140km/h 초반으로 빠른 공을 던지지는 않지만 다양한 구종과 타자와의 수 싸움, 타이밍을 빼앗는 기술 등 여러 가지 무기로 타자를 괴롭히는 유형의 투수다. 백정현에게도 2023년은 중요한 시즌이었다. 2022년 FA 계약을 맺은 첫해 4승 13패 5.27의 평균 자책점으로 실망스러운 기록을 남겼다. 백정현 역시도 2023년은 자신의 가치를 입증해야 하는 시즌이었다.

더군다나 두 투수 모두 2023년 시즌 초 등판의 결과는 좋지 못했다. 장재영은 시즌 두 번째 등판이었고 백정현은 시즌 세 번째 등판이었다. 경험과 제구력은 부족하지만 강하고 빠른 공을 던지는 젊은 투수와 공은 빠르지 않지만, 제구력과 노련미로 승부하는 베테랑 투수의 대결. 압축해서 정리하면 '강속구와 제구력의 대결'이었다.

야구에서는 투수가 공을 던지는 행위를 '피칭pitching'이라고 정의한다. 던지는 행위를 의미하는 또 다른 단어인 '스로잉throwing'과 구분한다. 두 단어의 가장 큰 차이점은 목적성에 있다. 야구에서 공을 던지는 목적은 타자를 상대하는 것이다. 타자를 상대하는 요령에는 빠르게만 던지는 것이 아닌 다양하게 던지는 기술이 요구된다. '스로잉'이 단순히 던지는 행위라면 '피칭'은 고도의 전략과 목적이 정확하게 포함된 던지기다. 좋은 투수란 자기가 목적하는 대로 공을 던져서 원하는 결과를 만들어내느냐가 핵심 포인트다.

이날의 승부는 두 투수가 가지고 있는 장점과 단점이 그대로 반영됐다.

장재영은 150km/h가 넘는 빠른 공을 던졌지만 결국 제구가 또다시 문제가 됐다. 2.1이닝 동안 안타 4개를 허용했고 탈삼진 3개 그리고 5개의 사사구를 허용했다. 총 84개의 공을 던졌지만 스트라이크 존을 통과한 공은 43개에 불과했다. 결국, 장재영은 이 경기가 끝난 후 퓨처스로 내려가 다시 투구 점검을 하기로 했다.

반면 삼성라이온즈 백정현의 투구는 '인생 투'라고 불릴 만큼 완벽에 가까웠다. 백정현은 8회 1아웃까지 안타와 출루를 허용하지 않는 '퍼펙트피칭'을 했다. 비록 8회 2아웃 이후 에디슨 러셀에게 내야 안타를 허용하며 '퍼펙트게임'이라는 대기록은 무산되었지만, 최고의 투구를 보였다. 150km/h가 넘는 빠른 공을 던진 것은 아니었지만 130km/h대의 공이 스트라이크 존을 예리하게 공략하며 범타와 삼진으로 타자를 잡았다. 상대 타자의 호흡을 빼앗는 완급 조절로 진정한 '피칭'이란 무엇인지를 보여주었다.

누구나 인생의 목표를 가지고 산다. 그 목표가 크건 소소한 것이든 목표 하나 정도는 가지고 있다. 다만 사람마다 차이가 있는 것은 가고자 하는 속도다. 우리는 종종 방향보다 속도에 마음을 빼앗긴다. 누가 먼저 더 빨리 성공했는지, 혹은 누가 먼저 높은 자리에 올라갔는지, 누가 목표에 더 빠르게 도착했는지에 더 많은 관심을 갖는다.

그러나 경쟁자보다 혹은 동료보다 더 빠르게 달리다 보면 잊고 지나치는 것이 있다. 내가 정말 가고자 하는 방향으로 가고 있는

것인가? 지금 가는 길이 내가 가고자 했던 그곳인가? 빠르게 달리기만 하다 보면 풍경도 사람도 목적지보다 먼저 잃어버리기 쉽다. 목표보다 더 중요한 것을 놓치게 된다.

야구가 구속의 시대에 접어든 것처럼 우리의 삶도 속도 경쟁의 경기장이 되어버렸다. 시속 150km/h의 공이 빠르다고는 하지만 스트라이크 존을 벗어나면 의미를 잃어버린다. 반대로 130km/h의 느린 공이라 하더라도 원하는 방향으로 던져 타자를 잡아낸다면 그 가치를 인정받는다. 야구에서 공의 가치는 속도가 아니라 방향에서 완성되기 때문이다.

백정현이 느린 공의 가치를 살린 것은 시간이 만든 결과다. 17년이라는 시간 동안 수많은 공을 던지며 자신만의 방향을 찾아왔다. 그러나 장재영의 빠른 공은 방향의 가치를 싣지 못한 속도였다. 장재영에게 필요한 것은 더 빠른 공이 아니라 그 속도에 방향의 가치를 실어 줄 시간이다.

우리는 때로 '속도'와 '방향'중 하나를 선택해야 한다고 생각한다. 그러나 야구가 원하는 것은 선택이 아닌 조화다. 그리고 그 조화를 찾아가는 시간을 요구한다. 속도와 방향의 조화. 어느 한쪽에 치우친 것이 아닌 절묘한 '밸런스'가 진짜 가치다. 백정현은 그 조화를 찾기 위해 17년이라는 시간이 필요했다. 그리고 장재영에게는 아직 속도에 방향을 덧입힐 시간이 부족했다.

우리의 삶도 다르지 않다. 빠르게 달리는 것도 정확하게 원하는 곳으로 가는 것도 중요하지만 정작 필요한 것은 속도와 방향의 조화다. 야구가 구속의 시대에 접어들었다고는 하지만 진짜 중요한 가치는 변함이 없다. 가고자 하는 곳을 향하는 속도와 방향 그리고 그 둘의 조화를 찾아가는 시간.

우리는 지금 어디로 공을 던지고 있는 걸까? 당신이 던진 공에는 당신만의 시간이 실려 있는가?

* 장재영은 결국 부상으로 '강속구'투수로서의 재능을 완전히 피우지 못하고 2024년 타자로의 전향을 선택했다. 투수뿐 아니라 타자로서의 재능도 가지고 있는 장재영의 새로운 도전이 성공하기를 진심으로 기원한다.

SHINSEGAE
LAN DERS
48

누군가의 공백은 또 다른 누군가의 기회로 찾아왔습니다.

오늘 어렵게 기회를 잡은
무명의 투수가 상대해야 하는 것은
20승의 외국인 투수도,
재건을 꿈꾸는 왕조도 아닌
바로 자기 자신입니다.

광활한 잠실벌 가장 높은 곳이지만
가장 외로운 자리에 서 있는 무명의 투수.

누군가에겐 무명이지만
누구에게나 소중한 이름이고 싶은 그는
기회의 자격을 스스로 입증할 수 있을까요?

1루

누구에게나 이름은 있다. 이름 없이 살아가는 사람은 없다. 아이가 태어나면 부모님은 고심 끝에 거친 세상 속에서 아이가 잘 살아가기를 바라며 좋은 의미를 담아 이름을 짓는다. 최근에는 각자의 이런저런 이유로 이름을 바꾸는 경우도 많이 있지만 대부분 부모님이 지어주신 이름을 평생 안고 산다. 그런 의미에서 본다면 '무명無名'이라는 단어는 무척 슬픈 단어다. 부모님이 지어주신 소중한 이름이 있는데 '무명'이라니 이처럼 슬픈 단어가 있을까?

다이아몬드 형태의 그라운드 안에 유독 눈길을 끄는 곳이 있다. 그라운드 한가운데 봉긋이 솟아 있는 곳. 바로 마운드다. 야구는 이 마운드에서부터 모든 일이 시작된다. 일단 마운드 위에 서 있는 투수가 공을 던지는 것부터가 야구의 시작이다. 공을 타자가 때리든 걸러내든 삼진을 당하든 투수가 던지고 나서야 결론이 나온다. 그러다 보니 야구장의 모든 시선은 먼저 마운드로 향한다. 그리고 관심은 자연스럽게 마운드 위 투수에게로 옮겨간다.

그래서일까? 흔히 야구는 투수 놀음이라고 한다. 투수를 잘 활용해야 이길 확률이 높다는 의미이기도 하다. 야구는 투수가 좀 더 유리한 게임이다. 18.44m 앞에서 145km/h 정도의 속도로 날아오는 둘레 약 23cm의 공을 지름 7cm도 안 되는 방망이로 때려낸다는 것은 거의 불가능에 가까운 일이다. 그러기에 7할을

   권성욱의 더 오프닝

실패해도 뛰어나다는 평가를 받는 것 아닐까? 프로야구팀들이 신인 선수를 뽑을 때나 스카우트를 할 때 가장 우선에 두는 것은 좋은 투수를 뽑는 것이다. 좋은 투수가 많은 팀이 좋은 성적을 낼 가능성이 높다.

야구에서 이처럼 투수가 차지하는 비중이 높고 역할이 큰 만큼 받는 대접도 남다르다. 프로야구에서 선수의 가치는 연봉으로 설명된다. 훌륭한 타자들도 높은 연봉을 받지만, 고액의 연봉을 받는 선수들은 대부분 선발 투수들이다. 팀이 좋은 성적을 내는 데 중요한 역할을 하는 만큼 높은 연봉을 받는 것은 당연하다. 각 팀의 선발 투수는 5명 정도. 치열한 경쟁 끝에 자기의 자리를 확보한 투수는 한 팀에 많아야 5명이다. 선발 투수 역할을 한다는 것은 팀 내에서 인정받았다는 것이고 따라서 책임도 크다는 뜻이다. 그러나 높은 연봉을 받고 주어진 책임도 크다는 것을 반대로 얘기하면 그만큼 짊어진 짐도 무겁다는 뜻이다. 냉정한 그라운드의 가장 높은 곳에 투수가 서 있다. 그곳은 모든 이들의 주목을 받는 화려한 자리이기도 하지만 한편으로는 세상에서 가장 외로운 자리이기도 하다.

2023년 6월 20일 SSG랜더스와 두산베어스. 두 팀의 잠실야구장 대결. 잠실야구장의 마운드에 SSG랜더스 소속의 한 투수가 올라섰다. 늘 그렇듯 누군가의 공백은 또 다른 누군가에게 기회로 돌아간다. SSG랜더스의 예정된 선발 투수는 박종훈이었지만 부상으로 선발 투수 로테이션에 공백이 생겼다. 그리고 기회는 당시 퓨처스에서 좋은 기록을 보이던 한 투수에게로 갔다. 1군 무대 출전 경험은 단 한 경기에 등판해 한 이닝 4타자만 상대한 것이 전부인 그야말로 '무명의 투수'였다. 선발 투수로 나서게 된 것은 이번이 처음이었다. 그라운드 위 모든 사람의 시선이 쏠리는 가장 외로운 곳, 마운드에 그가 데뷔 후 첫 선발 투수로 올라선 것이다. 당시 SSG랜더스는 LG트윈스와 1위 자리를 놓고 치열한 선두 경쟁 중이었다. 그러나 SSG랜더스는 이전 10경기에서 4승 6패를 기록하며 자칫하면 경쟁에서 뒤처질 수도 있는 상황이었다.

두산베어스의 투수는 외국인 투수 라울 알칸타라였다. 라울 알칸타라는 2020년 두산베어스에서 20승 2패 2.54의 평균자책점으로 뛰어난 성적을 기록하며 MVP급 활약을 했다. 2020년이 끝난 후 일본 프로야구 한신타이거즈에 진출했지만 2년간의 활동 끝에 만족스러운 성적을 얻지 못하고 2023년 KBO리그로 복귀했다. 경기에 등판할 당시 라울 알칸타라는 7승 3패 1.98의 평균자책점으로 과거 20승 투수다운 위력을 보이고 있었다. 2023년 두산베어스는 국민 타자 이승엽을 감독으로 선임하고 양의지까지 재영입했다. 여기에 2020년 20승을 기록한 투수 라울 알칸타라까지 가세해 왕조의 재건을 노리고 있었다.

　　　　　　　　　　　　　　　　　　권성욱의 더 오프닝

모든 상황이 '무명의 투수'에게는 부담이고 불리한 조건이었다. 대부분의 야구팬들은 당연히 두산베어스의 우세로 예상했다. 그러나 그날 그가 마운드 위에서 상대해야 하는 것은 20승의 투수도 아니고 왕조의 부활을 꿈꾸는 상대 팀 두산베어스도 아니었다. 그의 상대는 바로 자기 자신이었다. 그가 극복해야 할 것은 상대 팀이 아니라 두려움과 스스로에 대한 의심이었다. 그의 상대는 숫자도 이름값도 아닌 '이 자리에 설 자격이 있는가?'라는 질문 자체였다.

기회는 누구에게나 주어진다. 그러나 그 기회를 가질 자격을 갖추었는지는 자기 자신만이 알고 있다. '이 자리에 설 자격을 갖추었는가?'라는 질문의 답은 다른 누구도 아닌 스스로가 가장 잘 알고 있을 것이다.

'무명의 투수'는 이날 5회를 다 채우지는 못했다. 4이닝 동안 17명의 타자를 상대하며 던진 공은 62개였다. 안타 6개를 허용했지만, 무실점을 기록하며 훌륭한 투구를 보였다. 경기 시작하자마자 긴장한 듯 정수빈에게 안타를 맞으면서 바로 위기를 맞았지만, 김재환을 병살로 처리해 첫 번째 위기를 넘겼다. 2회에도 만루의 위기가 있었지만, 실점 없이 막아냈다. 4회까지만 투구를 해 비록 승리 투수가 되지는 못했지만, SSG랜더스의 김원형 감독도 투구 내용에 만족하며 칭찬을 보냈다. 이 경기에서 그의 깜짝 호투에 힘을 얻어 SSG랜더스는 경기에서 승리를 거두었다. 흔들렸던 SSG랜더스는 이후 이날 승리를 포함해 5연승을 기록하며 선두 경쟁에 다시 나설 수 있었다.

우리는 아직 성공하지 못한 선수 혹은 배우를 '무명'이라고 부른다. 이름은 있지만 이름이 알려지지 않은 이들이다. 우리는 그의 이름을 알지 못하지만, 가족에게 그의 이름은 소중하다. 누구나 자신의 이름이 있고 자기의 이름이 많은 사람에게도 소중하게 불리기를 원한다. 세상은 결과로 이름을 판단한다. 그리고 단 한 번이라도 그라운드의 중심 마운드에 서기 위해서는 무수히 많은 실패와 좌절을 딛고 일어서야 한다. 끝내 포기하지 않은 이름만이 마운드에 올라설 기회를 얻는다. 그러기에 무명일지라도 도전하는 이의 이름은 소중하다. 누군가가 도전하는 나의 이름을 소중하게 불러 준다면 세상이 알아주지 못해도 상관없다.

세상은 성공한 이름만을 기억한다. 그러나 단 한 번만이라도 자신의 마운드에 올라선 사람이라면 그의 이름은 절대 가볍지 않다. 그것은 포기하지 않았다는 증거이기 때문이다. 도전한 이의 이름은 존중받아야 한다. 세상 가장 외로운 자리에서 도망가지 않고 '마운드에 오를 자격'에 대한 스스로의 답을 찾았기 때문이다.

그날 그 무명 투수의 이름은 '조성훈'이다. 청원고등학교를 졸업하고 2018년 SK와이번스에 2차 1라운드로 입단한 조성훈은 150km/h를 던지는 강속구 투수였다. 빠른 공의 재능을 갖추었지만 좀처럼 세상은 그를 알아주지 못했다. 그날의 호투로 '조성훈'에게 닷새 뒤 다시 한번 더 선발 투수로 마운드에 오를 기회가 주어졌다.

그러나 그 경기에서 '조성훈'은 3이닝 5실점을 하며 패전 투수가 됐다. 이것이 조성훈이 1군에서 남긴 마지막 기록이었다. 이후 조성훈은 2024년 키움히어로즈로 이적했지만 더 이상 기회를 잡지 못하고 2025년 마운드를 떠났다. 그러나 그날 잠실야구장의 마운드에 섰던 '조성훈'이라는 이름은 여전히 남아있다.

LG
TWINS
이차돌
도루코
PACE
Dr.KT

지난 6월 가장 뜨거웠던 팀과
올 시즌 가장 뜨거운 팀이 여름을 통과합니다.

오늘 두 팀에는 90년생 동갑내기 유격수가
팀의 승리를 위한 길목을 지킵니다.

마지막까지 푸른 피血이고 싶었지만
유격수라는 자부심을 선택한 왕조의 계승자와
레전드 유격수의 적통을 이어가는 후계자의 대결.
그리고 이 경기를 바라보는 레전드 유격수까지.

이 완벽한 서사書史와 함께
오늘도 잠실의 밤은 뜨거워집니다.

2023년 7월의 첫 주중 3연전의 마지막 날이었다. 리그 1위를 달리고 있는 LG트윈스와 당시 순위는 7위였지만 6월 15승 8패 승률 1위로 뜨거운 한 달을 보낸 KT위즈의 대결이 준비되고 있었다.

리그 1위 팀과 한창 기세가 오른 팀의 대결. 하지만 나의 눈길을 끈 것은 양 팀의 유격수였다. LG트윈스의 유격수는 오지환. KT위즈는 김상수. 두 선수는 잘 알려진 대로 90년생 동갑내기다. 오지환, 김상수를 포함해 안치홍, 허경민까지 90년생 동기 내야수들은 고등학교 시절부터 주목받았다. 네 명 모두 2009년 신인 드래프트에서 최상위 지명을 받고 프로에 진출했다. 프로에 진출한 이후에도 뛰어난 운동 능력과 수비 실력으로 팀 내에서도 중요한 역할을 맡아왔다.

대구, 경북 지역 명문인 경북고등학교를 졸업한 김상수는 삼성라이온즈에 1차 지명을 받으며 입단했다. 입단 당시부터 삼성라이온즈의 프랜차이즈 스타로의 성장 가능성을 보였다. 국민 유격수 박진만이 버티고 있던 유격수 자리를 2년 만에 차지하면서 삼성라이온즈를 대표하는 선수로 성장했다. 팀의 주전 유격수를 맡은 첫해 2010년 한국시리즈 진출을 이끈 이후 2011년부터 2014년까지 4년 연속 한국시리즈 우승의 주역이 됐다.

삼성라이온즈의 왕조 시절을 맛보기도 했지만, 쇠락의 길에도 김상수는 함께 했다. 김상수는 팀이 어려운 시기에도 유격수 자리를 지켰다. 그러나 2019년 동기생 이학주가 영입되면서 오랫동안 지켜왔던 자리를 고집할 수만은 없는 상황이 됐고 김상수는 FA가 되면서 팀을 떠났다. 팀에 대한 애정도 컸지만, 마음속에 '유격수'라는 자부심이 더 많은 자리를 잡고 있었다.

네 명의 동기생 중 가장 늦게 자리를 잡은 것은 오지환이었다. 오지환 역시도 2년 차부터 팀의 유격수로 자리를 잡았다. 그러나 오지환이 가지고 있는 능력에 비해 실책 수가 많다는 이유로 오랫동안 높은 평가를 받지 못했다. LG트윈스의 전지 훈련장에서 가장 인상적인 장면은 항상 오지환의 훈련 모습이었다. 오지환은 매번 혼자 흙투성이가 된 채 펑고Fungo를 받으며 땅바닥을 기어 다니고 있었다. 그 당시 오지환을 전담해 조련했던 이가 바로 LG 트윈스의 레전드 유격수 류지현 코치였다.

오지환의 실책 수가 드러나면서 수비력에 대해 낮은 평가를 받은 것도 사실이지만 오지환의 공격 지표만 놓고 본다면 이야기는 또 달라진다. 오지환은 2011년을 제외하고 매년 OPS가 0.7을 넘어 0.8에 육박했다. 2016년 20홈런을 기록한 해에는 OPS가 무려 0.880을 넘어섰다. 수비 부담과 비중이 큰 유격수라는 포지션을 생각한다면 놀라운 수치다.

수비와 공격력에서 엇갈리던 오지환의 가치가 달라진 것은 2020년 FA 계약을 한 이후부터였다. FA 계약 과정은 순조롭지 못했었다. 그러나 결국 백지 위임장과 함께 잔류를 선택했고 이후 오지환은 자신의 가치를 새롭게 보여줬다. 이때부터 오지환은 공격뿐 아니라 수비에 대한 안정감까지 갖춘 유격수로 성장했다.

프로 선수로서의 정점은 팀의 우승이다. 그런 의미에서 본다면 두 동기생 중 정점을 먼저 찍은 것은 김상수였다. 김상수는 데뷔 2년 차부터 유격수 주전 자리에 들어가 팀의 우승을 함께했고 왕조의 시절을 보냈다. 그러나 팀이 정점에서 서서히 내려오면서 김상수도 팀과 함께 운명을 같이했다. 결국, 자존심과 같던 유격수 자리마저 흔들리고 그 자존심을 지키기 위해 2023년 KT위즈로 이적을 선택했다. 반면에 오지환은 동기생 중 가장 늦은 출발이었지만 가장 오랫동안 꽃을 피우고 있다. 비록 2023년 당시 한국시리즈 우승의 절정은 없었지만, 리그 최정상급이라는 평가가 그의 별명처럼 '지배'적이었다. 더군다나 쟁쟁했던 동기들이 프로 입단 직후 혹은 시간이 지난 후 2루수나 3루수로 포지션 변경을 하였지만, 오지환만은 유격수 자리를 그대로 지키고 있다.

야구에서는 '센터라인'의 중요성을 항상 강조한다. 센터 라인은 포수, 유격수, 2루수와 중견수 즉 수비의 중심을 잡는 포지션을 통칭하는 용어다. 시즌 전 각 팀의 전력을 평가하고 예상할 때 가장 먼저 보는 것이 투수력과 센터라인에 대한 평가다.

센터라인의 모든 포지션이 팀 전력에서 중요한 위치를 차지하고 있지만 그중 가장 중요한 포지션은 역시 유격수다. 유격수는 수비에 대한 부담이 큰 포지션이다. 유격수는 2루수와 3루수 사이에 선다. 내야수 가운데 가장 강하고 까다로운 타구가 향하는 자리다. 우타자가 강하게 잡아당긴 타구가 많이 가는 위치인 만큼 다른 포지션과 비교할 수 없는 강도의 타구를 감당해야 한다.

유격수에게는 신체적, 정신적으로 가장 높은 수준의 능력이 요구된다. 민첩한 반응 속도와 빠른 판단력, 강한 어깨와 빠른 발까지, 야구선수가 필요로 하는 거의 모든 능력이 이 자리에 모인다. 이런 이유로 우리가 유격수에게서 떠올리는 이미지는 화려함이다. 빠르고 강한 타구를 혹은 빗맞은 느린 타구를 아크로바틱하게 처리하는 선수라는 인식이다. 그러나 유격수에게 먼저 요구되는 것은 화려함이 아니라 안정감이다. 다른 어떤 자리보다 실수를 줄여야 한다. 유격수의 실수가 팀 전체에 미치는 영향이 크기 때문이다.

유격수는 끊임없이 선택하는 자리다. 단순히 공만 잡는 자리가 아니라 판단을 해야 한다. 무리해서라도 잡을 것인지, 잡은 후 1루로 던질지 2루로 던질지 짧은 시간 안에 많은 선택을 하고 다음 행동을 결정해야 한다. 가장 강한 타구를 처리하고 제일 먼저 상황을 읽어야 하는 만큼 실수에 따른 책임도 크다. 한마디로 유격수는 가장 외로운 자리이기도 하다.

대한민국 유격수의 계보는 김재박에서 시작된다. 김재박은 유격수를 수비만 하는 존재에서 경기의 흐름을 바꾸어 놓는 주인공으로 탈바꿈시켰다. 류중일은 경북고등학교 시절부터 주목받던 야구계의 아이돌 스타였다. 천재 유격수라는 별명이 어색하지 않았다. 이종범은 불세출의 스타다. 유격수뿐 아니라 '야구는 이종범'이라는 이야기가 이종범을 가장 잘 설명한다. 류지현은 '꾀돌이'라는 별명이 잘 어울린다. 뛰어난 발놀림에 명석한 두뇌로 야구를 할 줄 아는 유격수였다. 박진만은 김재박의 후계자다. 현대 유니콘스 시절 김재박 감독이 박진만에게 포수 장비를 입혀 놓고 가까운 거리에서 펑고를 치며 조련하는 모습은 아직도 기억에 생생하다. 국민 유격수가 그냥 만들어진 것이 아니었다. 박진만 이후로 강정호, 김하성 등 대한민국 프로야구는 좋은 유격수가 많이 배출됐다. 그날 경기를 치른 김상수, 오지환도 대한민국 유격수의 계보를 이어갈 자격이 있는 선수들이다.

유격수는 내야진의 핵심이다. 가장 강한 타구와 가장 많은 시선을 받는다. 그 가운데 빠른 선택을 해야 한다. 화려한 주목을 받는 자리이기도 하지만 화려한 플레이를 지양하는 자리이기도 하다. 진기명기 방송에 많이 나오는 유격수가 미덕은 아니다. 유격수의 품격은 기록지에 남겨지지 않는다. 때로 기록지에 표시된 실책은 도전의 결과이기도 하다. 기록되지 않은 실책은 사실 판단의 오류일 수도 있다. 오지환은 가장 인기 많은 팀의 가장 주목받는 자리라는 고통을 끝까지 버텨내며 정상에 도전했다. 김상수는 팀의 영광과 고난을 모두 맛보며 유격수의 자리를 지켰다. 두 동기생 모두 한국프로야구의 유격수가 감당해야 할 무게를 그대로 느끼며 지금의 자리까지 왔다.

그날 두 선수의 대결은 경기만큼이나 불꽃이 튀었다. 김상수는 5타수 3안타 2타점의 맹타를 휘둘렀고 오지환은 7회 승부를 원점으로 돌리는 홈런을 때려냈다. 김상수와 오지환의 동기생 대결을 지켜보며 중계방송 해설을 맡은 이는 유격수 레전드 류지현이었다. 류지현 해설위원은 8회 애제자 오지환이 상대의 흐름을 끊는 좋은 수비를 보이자 '오지환이 자신의 진가를 보였다'라고 평가했다. 대한민국 유격수의 서사 속에 흐르고 있는 그들은 자신의 자리에서 최고의 역할을 하고 있었다.

팀의 영광과 쇠락을 함께한 김상수도, 비록 늦었지만, 정상에 도전하는 오지환도 유격수라는 이름 아래 성공과 실패 혹은 책임과 선택을 동시에 감당해왔다. 그리고 경기장 밖 두 선수를 지켜보던 해설위원 류지현도 마찬가지였다. 그라운드 안에는 선수들

의 시간이 흘렀고 밖에서는 유격수의 계보를 지나온 해설위원 류
지현의 시간이 흘렀다. 그날 잠실야구장은 한국프로야구의 유격
수들이 버티고 지탱해온 시간과 무게가 겹치고 있었다.

　유격수의 자부심을 지키려는 김상수도 오랜 시간을 거쳐 자신
의 가치를 입증한 오지환도 이제는 유격수 자리를 떠나 그라운드
를 지켜보는 류지현도. 누가 뭐라고 해도 그들은 여전히 유격수
였다.

언제나 그렇듯 오늘도 또다시 경기는 시작됩니다.
일상처럼 경기는 시작되지만
누군가에게는 오늘이 결승전이고
오늘이 승부처입니다.

누군가에게는 무수히 많은 날 중 하나이지만
또 다른 누군가에게 오늘은
평생을 기다려왔던 날이기도 합니다.

여러분에게 오늘은 그런 날이었나요?

기억조차 나지 않는
우리들의 일상을 뜨겁게 달구어줄
단 하나의 불금 매치. 지금 시작합니다.

당신에게 오늘 하루는 어떤 시간이었나요?

누군가에게는 그저 별일 없이 아무렇지도 않은 듯 스쳐 지나간 시간이기도 하겠지만 어떤 이에게는 뜨겁게 불태운 하루이기도 했다. 큰 성취를 맛보기도 하고 무너질 듯한 좌절이 깊은 상처로 남은 시간이기도 했을 것이다. 그러나 그렇게 뜨거웠던 하루도 혹은 미지근하기만 했던 하루도 어제의 시간이 되고 오늘은 어제와 또 다르게 시작한다. 어제의 시간은 어제의 것으로 지나가고 오늘에는 또 오늘의 시간이 주어진다.

일상이 우리에게 주는 의미는 무엇일까?

일상의 사전적인 의미는 '매일 반복되는 생활'이라고 정의한다. 물론 매일 매일 반복되는 생활이 누구에게나 같은 것을 의미하는 것은 아니다. 누군가는 매일 아침 일찍 일어나 서둘러 출근하고 커피 한 잔을 사 들고 일터로 향한다. 또 누군가에게 일상은 오후에 일터로 나가 다른 사람들이 잠들어 있는 늦은 시간에 자신의 일상을 시작한다. 대부분의 학생들은 아침에 학교로 향해 수업을 듣고, 친구들과 점심을 함께 먹고 방과 후에는 학원으로 각자 갈 길을 간다. 월요일부터 금요일까지 이어지는 일상 그리고 주말 잠깐의 휴식. 반복되는 일상에서 의미를 찾지 못하고 하루하루가 흘러갈 수 있지만 그런 일상 중에 영원히 기억될 날은 불현듯 찾아온다.

매일 저녁 6시 30분 프로야구는 일상처럼 우리 옆에 자리를 잡고 있다. 144경기가 시계처럼 우리에게 반복되듯 찾아오고 있다. 화요일부터 일요일까지 전국 다섯 개 구장에서 매일 어김없이 승부가 진행된다. 시즌이 시작되는 3월 말부터 10월 말까지 한 해를 관통하며 야구는 멈추지 않는다. 각 팀은 144번의 승부를 펼치고 전체 리그는 총 720경기가 진행된다. 이 숫자들은 야구를 우리의 일상으로 만들었다. 저녁 6시 30분이 되면 이제 당연한 듯 TV를 켜고 혹은 핸드폰을 밀어 올린다. 날씨를 미리미리 점검하고 일찌감치 선발 투수를 확인한다. 미리 발표된 타순을 평가하는 것이 하루의 꽤 중요한 일과이다.

2023년 7월 28일 금요일 롯데자이언츠와 기아타이거즈는 새로운 주말 3연전을 시작했다.

주말 3연전을 시작할 당시 롯데자이언츠는 41승 43패로 6위 그리고 기아타이거즈의 자리는 38승 42패 1무로 7위였다. 시즌은 중반을 넘어섰고 리그는 혹서기의 정점으로 치닫고 있었다. 꾸준히 중위권을 지켜오던 롯데자이언츠는 여름에 접어들며 중위권 경쟁에서 밀려나고 있었다. 기아타이거즈는 시즌 초 머물렀던 하위권에서 중위권을 향해 서서히 달리고 있던 시기였다. 롯데자이언츠의 선발은 박세웅, 기아타이거즈의 선발은 이의리. 여름의 정점에서 중위권 경쟁의 두 팀의 국내 에이스가 마운드를 책임져야 했다. 약 20일간의 휴식 후에, 마운드에 오르는 이의리. 박세웅은 비FA 장기 계약의 첫해에 자신의 가치를 입증해야 하는 부담이 있다. 각자의 자리에는 각자의 사정이 있다. 일주일에 한 번 혹은 두 번 마운드에 올라 최대 100구 정도의 공을 던지는 선발 투수는 짧지만, 강한 일상에서 가혹한 평가를 받는다. 그들에게 한 경기는 무심코 넘어가는 하루가 아닌 매번 전력투구해야 하는 매일의 승부처다.

주말 3연전의 결과는 기아타이거즈의 3연승 시리즈 스윕Sweep 승이었다. 시리즈 3연승으로 기아타이거즈는 2023년 중위권 도약의 귀중한 발판을 만들었다. 반면 3연전을 모두 내준 롯데자이언츠는 더 이상 중위권을 지키지 못하고 2023년 또다시 봄날의 따스함을 가을까지 가져가지 못했다. 144경기 중의 한 경기였고 이어지는 3연전 중 일부였다. 선발 투수에게는 약 30번의 등판 중 한 경기였지만 그날의 결과는 단순히 한 경기가 아니었다. 시즌을 길게 놓고 본다면 오늘은 결과가 아닌 과정이다. 그러나 하루하루 쌓인 오늘의 결과가 마지막 결과를 창출한다. 오늘의 경기가 144경기 중 한 경기에 불과할지 모르지만, 켜켜이 쌓인 오늘의 경기는 점점 더 많은 서사를 만들어 단숨에 바꾸기 힘든 결과를 선사한다.

그 여름 금요일 밤의 롯데자이언츠와 기아타이거즈의 승부는 시즌 중의 일상 같은 한 경기였을 수 있다. 그러나 그날 마운드를 지킨 박세웅과 이의리에게, 타석에 들어섰던 타자들에게, 그라운드에서 몸을 던진 야수들에게 그날은 평범한 일상이 아니었다. 벤치에서 기회를 기다리던 벤치 멤버들에게 그리고 불펜에서 대기하던 불펜 투수의 심정은 짐작조차 가지 않는다. 또한, 광주기아챔피언스필드를 가득 메운 만여 명의 관중에게도 TV로 또는 핸드폰으로 경기를 지켜본 야구팬들에게도 하루는 평범하지 않았다.

누군가에게 오늘은 증명해야 하는 시간이다. 대부분의 시간을 불펜에서 보내고 벤치를 달구며 먼저 불리지 못했던 이름에게, 목마르게 기다렸던 퇴근길 갈증을 채워줄 캔맥주 하나가 간절한 우리에게, 아빠와의 경기 관람에 들뜬 아이에게 오늘은 평범한 하루가 아니다.

그들에게 오늘이라는 이름은 결승전이다. 언제나 그렇듯 경기는 시작된다. 어제와 다르지 않은 모습 속에서 익숙한 듯 하루는 흘러간다. 대부분의 사람들에게 오늘은 수많은 날 중 하나로 잊힌다. 오늘의 경기 또한 144경기 중 한 경기로 기록된다. 그들에게 오늘은 물러설 수 없는 날이다. 평범한 하루가 아닌 많은 경기 중 하나가 아닌 모든 것을 건 결승전.

당신에게 오늘은 그런 날이었나요?

때로는 오늘이 어떻게 흘러갔는지 기억조차 나지 않는다. 오늘 그저 흘러간 하루였는지 아니면 나만의 의미를 찾아가는 하루였는지 스스로 되새기지 못한다. 많은 날 중의 하나로 그저 지나간 날이었는지 아니면 평생을 기다려온 날이었는가. 일상은 끊임없이 흘러가고 반복되지만, 우리에게 주어진 시간은 한정적이다. 어제와 다를 바 없는 하루지만 오늘은 처음이고 마지막이다. 기억조차 나지 않는 하루라 하더라도 다시 오지 않을 하루다. 무수히 많은 날이 주어졌지만 무한하지는 않다. 그저 스쳐 지나가기만 한다면 인생은 의미를 잃는다. 그 많은 날이 기억조차 나지 않는다면 마지막에 우리에게 남는 것은 무엇일까?

하루하루가 결승전일 수는 없지만 중요한 것은 불현듯 찾아올 결승전을 준비하는 일상의 태도다. 오늘 어떤 하루를 보냈느냐가 평생을 기다려 온 그날 혹은 불쑥 찾아온 결승전을 어떻게 맞이할지 결정한다. 무수히 많은 일상과 충분히 주어진 하루들이 우리의 기회였다. 무수히 많은 날을 충실히 보낸 당신만이 그리고 벤치에서의 많은 기다림이 불펜에서 던진 공들이 우리의 기회였다. 결승전을 준비하는 자세는 결승전을 눈앞에 두고 만들어진 것이 아니라 평범한 일상 속 수많은 기다림의 연속으로 만들어졌다.

야구는 그저 게임일 뿐이라는 말이 틀린 말은 아니다. 오늘 이기든 지든 내일 또 경기가 열린다는 말도 맞는 말이다. 오늘의 승부는 내일의 기록으로 쌓여간다. 하루하루의 결과가 한 시즌의 결과를 지배한다. 그리고 오늘 야구장에서 아빠와 함께 느낀 환호. 역전의 짜릿함. 마지막 아웃 카운트를 남겨둔 긴장감. 동료들과 함께한 하이파이브 이런 것들은 기록으로 쌓이지는 않지만 서로 간의 감정의 두께를 튼튼하게 만든다.

우리의 일상도 야구와 다르지 않다. 기억조차 나지 않는 일상이 모이고 모여 우리의 삶을 단단하게 만든다. 출근길의 커피 한 잔. 학교에서 친구와의 급식 시간. 반복되는 일상에서 우리는 생활의 의미를 쌓아간다.

오늘도 경기는 어김없이 시작된다. 어제와 별반 다르지 않은 모습 속에서 저녁 6시 30분 경기는 오늘도 계속된다. 누군가에게 오늘은 늘 그랬듯 그저 흘러가는 하루지만 또 다른 누군가에게 오늘은 전력을 다해 달려야 하는 단 하나의 결승전이다. 비록 오늘의 결과가 만족스럽지 않더라도 오늘의 기록이 모여 내일의 가능성을 열어준다. 일상을 대하는 태도는 불현듯 찾아올 내일의 결승전을 맞이할 자격을 우리에게 허락한다.

당신에게 오늘은 어떤 날이었나요?
누군가에게는 무수히 많은 날 중 하나였지만 또 다른 누군가에게 오늘은 평생을 기다려왔던 날이기도 했다.

단지 바라는 것은
한때 우리의 영웅이었던 그들의 마지막이
초라하지 않은 것입니다.

우리가 기억하고 있는 만큼 화려하지 않더라도
그저 마지막이 초라하지 않기를 바랍니다.

그때의 영광이 그 시절의 환호가
우리의 절정이었고 기쁨이었듯
마지막 또한 우리와 함께하기를 바랍니다.

이별이 아름다울 수는 없겠지만
추억을 기억하며
그들의 오늘을 응원합니다.

1루

'베테랑'이라는 단어가 주는 느낌은 세대마다 다르겠지만 언제나 가장 무겁게 남는 것은 '책임'과 '부담'이다. 수많은 경험과 그 안에서 쌓이고 쌓인 지혜는 어려운 상황에서도 능숙하게 길을 찾아낼 것이라는 기대감을 갖게 한다. 그러나 베테랑이라 하더라도 낯선 상황을 피할 수 없고, 실패와 실수도 비켜 가지는 않는다. 기대는 곧 짐이 되고, 책임은 결국 부담이 된다.

8월의 포항은 무척 덥다. 특히 포항야구장은 인조잔디 구장이라 지열로 인한 열기가 더욱 뜨겁게 느껴진다. 2023년 8월의 첫째 날. '쇠'도 녹이는 열기의 도시 포항에서 기아타이거즈와 삼성라이온즈의 3연전이 열렸다. 3연전을 시작할 당시 두 팀 모두 상황이 좋지만은 않았다. 기아타이거즈는 41승 42패 1무로 6위, 삼성라이온즈는 36승 53패 1무로 최하위를 기록하고 있었다.

경기 전 몸을 풀며 훈련하던 그라운드 한쪽에서 두 명의 베테랑이 반갑게 인사를 했다. 한때 삼성라이온즈에서 활약하며 팀의 우승을 경험했던 한 살 터울의 두 절친. 오승환과 최형우였다. 당시 오승환이 41살 최형우가 한 살이 적은 40살이었다. 최형우는 2021년, 2022년 극심한 부진을 겪은 후 2023년 부활에 성공했다는 평가를 받고 있었다. 반면 오승환은 그렇지 못했다. 2022년 중반을 넘어서면서 '에이징 커브Aging Curve'가 온 것이 아니냐는 시선을 받았고 2023년 상반기 2군으로 떨어지며 자존심에 깊은 상처를 입고 있던 시기였다.

두 선수는 반갑게 인사를 나누며 포옹했다. 그 모습에는 다른 누구에게도 털어놓지 못한 이야기와 서로의 처지를 이해하려는 마음이 묻어 있었다. 짧은 침묵이 많은 것을 설명하고 있었다. 베테랑이라는 단어에서 '책임'만큼이나 무거운 '외로움'이 느껴지는 순간이었다.

최형우는 전주고등학교를 졸업하고 2002년 2차 6라운드 전체 48순위로 삼성라이온즈에 지명됐다. 잘 알려진 대로 입단 당시에는 포수였다. 첫 프로 생활은 길지 못했다. 삼성라이온즈에서 방출된 최형우는 경찰청 야구단에서 군 복무를 마친 후 2008년 삼성라이온즈에 재입단을 했다. 경찰청 야구단에서 완전히 다른 선수로 거듭난 것이다. 삼성라이온즈에 재입단한 최형우는 입단 첫해 신인왕을 받았다. 입단 후 방출됐다가 재입단에 성공하기까지 7년 그리고 신인왕까지 거머쥔 것이다. 그야말로 인생의 반전이었다. 2008년부터 2016년까지 9년간 최형우는 네 차례의 한국시리즈 우승을 경험했다. '삼성왕조'의 중심에 그가 있었다.

2016년 3할 7푼 6리의 타율, 1.116OPS(타율, 최다안타, 타점, OPS 1위)의 커리어하이 시즌을 기록한 그는 34살의 나이에 프로야구 첫 100억 FA 계약을 성사하며 기아타이거즈로 이적했다. 최형우는 기아타이거즈로 이적한 뒤에도 2017년과 2024년 두 차례 팀의 우승에 큰 역할을 했다. 하지만 2021년, 2022년 극심한 부진이 찾아왔다. 어김없이 '나이'에 관한 수군거림이 흘러나왔다. 그러나 최형우는 2023년 그 수군거림을 완벽하게 비웃고 있었다.

최형우가 입단 후 인정받기까지 고난과 시련의 시기가 있었다면 오승환은 신인 시절부터 주목받는 선수였다. 단국대학교를 졸업하고 2005년 삼성라이온즈에 2차 1라운드 전체 5순위로 입단한 오승환은 데뷔 시즌부터 10승 1패 11홀드 16세이브 1.18의 평균자책점을 기록했다. 더 나아가 2005년 신인으로서 한국시리즈에 3경기 출전해 1승과 1세이브를 기록하며 한국시리즈 MVP를 차지했다. 거물 마무리 투수는 탄생부터 화려했다.

2005년을 시작으로 2006년, 2011년, 2012년, 2013년 총 다섯 번 삼성라이온즈의 한국시리즈 우승의 뒷문을 지킨 오승환은 2014년, 2015년 2년간 한신타이거즈의 수호신으로 활약한 후 메이저리그에 진출했다. 세인트루이스 카디널스, 토론토 블루제이스, 콜로라도 로키스에서 42세이브를 기록하며 메이저리그에서도 구원 능력을 과시했다. 6년간의 해외 리그 활약을 마치고 38살의 나이에, 삼성라이온즈에 복귀한 오승환은 녹슬지 않은 어깨로 팀의 마무리 투수 역할을 했다. 그의 별명은 '돌부처', '끝판 대장' 흔들림 없는 FINAL BOSS였다. 그러나 세월의 바람에 돌부처도 흔들리고 있었다.

오승환에게는 전혀 어울리지 않을 것 같던 '에이징 커브'라는 이야기가 흘러나오기 시작한 것은 2022년 7월 여름이 시작되면서부터였다. 특히 후반기 첫 경기인 키움히어로즈와의 경기에서 블론세이브Blown Save를 기록하며 3경기 연속 블론세이브를 기록한 것은 충격이었다. 더 놀라운 것은 세 번의 블론세이브를 기록하는 동안 모두 홈런을 허용하며 팀의 승리를 지키지 못했다는 것이었다. '돌직구'는 무뎌진 걸까? 2022년의 최종 성적은 4승 5패 30세이브 3.45의 평균자책점. 외견상으로는 나쁘지 않아 보였지만 8개의 피홈런과 7번의 블론 세이브는 삼성라이온즈 팬들의 걱정을 살만했다. 그런 만큼 오승환의 2023년은 팬들의 관심이 컸다. 그러나 걱정은 곧 현실이 되었다.

2023년은 오승환에게는 자신의 건재함을 입증해야 하는 시즌이었지만 상황이 만만치 않았다. 상반기 한미일 통산 500세이브라는 대기록 달성에는 성공했지만, 마무리 투수로서 불안감은 계속되었다. 그런 가운데 데뷔 후 첫 선발 전환, 퓨처스 강등 등 대한민국 야구의 대표 마무리 투수였던 오승환의 자존심이 무너지는 일들이 이어졌다.

오랜 시간을 견뎌온 만큼 수많은 이야기를 품은 두 베테랑의 만남. 서로를 토닥이며 끌어안는 모습은 그 짧은 순간에도 많은 생각을 불러일으켰다. 베테랑에게는 시간이 가장 냉혹한 경쟁자다. 남은 시간이 얼마 없기에 지금, 이 순간 가장 좋은 결과를 만들어야 한다. 남은 시간이 많지 않기에 지금, 이 순간은 늘 마지막처럼 다가온다.

한때 팀 동료로서 삼성라이온즈의 영광을 이끌었던 오승환과 최형우. 두 선수가 함께 삼성라이온즈에 몸담았던 시기는 2008년부터 2013년까지 6년간이다. 이 기간에 두 선수가 만들어낸 한국시리즈 우승은 2011년, 2012년, 2013년 총 세 차례다. 그야말로 '삼성왕조'의 정점에 있었던 두 선수였다. 2025년 오승환의 등판 기회는 점점 줄어들었다. 1군 무대에 머무는 시간도 짧아졌다. 서서히 모두가 생각하는 그때가 다가오고 있음이 느껴졌다. 2025년 8월 6일 '끝판 대장' 오승환은 은퇴를 선언했다. 삼성라이온즈 구단은 오승환의 등 번호 21번을 이만수의 22번, 양준혁의 10번, 이승엽의 36번에 이어서 삼성라이온즈 구단 역사상 4번째 영구 결번으로 지정했다. 그리고 이승엽, 이대호에 이어서 KBO리그 역대 3번째이자 투수로서는 처음으로 은퇴 투어를 하기로 했다.

예정된 은퇴 투어가 마무리되고 2025년 9월 30일 대구삼성라이온즈파크에서의 은퇴식. 상대는 최형우가 속한 기아타이거즈였다. 오승환은 5:0으로 삼성라이온즈가 앞선 상황, 가장 익숙한 이닝에 마운드에 올랐다. 상대는 이범호 감독의 배려로 대타 최형우. 타석에 들어선 최형우는 헬멧을 벗고 허리를 숙여 오승환의 마지막 상대가 될 수 있어 영광이라는 말을 대신했다. 삼진으로 마지막을 장식한 후 최형우와 오승환은 2023년 뜨거웠던 포항에서의 기억처럼 서로의 어깨를 감싸고 마지막 인사를 나누었다.

2025년 시즌이 끝난 후 스토브리그를 가장 뜨겁게 달군 것은 최형우의 삼성라이온즈 복귀 소식이었다. 2016년 시즌이 끝난 후 기아타이거즈로 이적한 지 9년 만이었다. 삼성라이온즈 유니폼을 입고 9년간의 활약 그리고 기아타이거즈에서 9년의 활약을 끝내고 다시 삼성라이온즈 유니폼을 선택한 것이다. 팬들은 오승환이 일 년만 더 뛰었다면 두 사람이 함께 그라운드에 서 있는 모습을 볼 수도 있었겠다며 아쉬워했지만 정작 오승환 본인은 '아쉽지만 후회 없는 선택이었다.'라고 특유의 무표정으로 얘기했다.

베테랑에게는 시간이 많지 않다. 시간이 많지 않은 만큼 기회도 많지 않다. 우리는 그들의 최고의 시기를 뚜렷이 기억한다. 그리고 그 기억의 기준을 잊지 못하고 지금의 베테랑을 바라본다. 책임은 더욱 무거워지고 시간과 기회는 점점 줄어든다. 부담은 스

스로를 외롭게 만든다. 프로의 세계는 냉정하다는 말은 더욱 큰
압박이다. 그러나 아이러니하게도 남은 시간이 많지 않기에 베테
랑의 시간은 더욱 반짝인다.

베테랑인 두 선수. 최형우는 시작을 선택했고 오승환은 마지막
을 골랐다. 옳고 그른 선택은 없다. 다만 두 선택 모두 그들의 시
간에 대한 존중이 녹아있다.

다만 바라는 것은 '끝판 대장' 혹은 '홈런왕'으로 기억되는 그 시
절 우리의 영웅들.
그 베테랑들의 마지막 뒷모습이 초라하지 않기를 바랄 뿐이다.
우리의 영웅들이 나이 들어가며 우리도 함께 나이 들어간다.

권성욱의 더 오프닝

아무도 주목하지 않았던
그리고 주류가 아니라며 외면받았던 서글픔.

존재하지 않았던 길을 간절함으로 밝히며
오늘 이곳에 서 있습니다.
실패와 좌절, 조롱과 비웃음은
오늘의 성공을 더욱 찬란하게 합니다.

그리고 누구도 서지 못한 정상의 자리에서
왕조의 거룩한 출발을 선언합니다.

과연 그는 새로운 왕조의 창시자가 될 수 있을까요?

2022년 가을. KBO리그는 포스트시즌이 한창이었다. 당시 나는 스튜디오 중계를 위해 스탠바이하고 있었다. 정신없이 중계 준비를 하고 있는데 그날 중계 파트너였던 염경엽 해설위원 전화기에 한 통의 전화가 왔다. 일부러 보려던 것은 아니었지만 발신자의 이름이 유독 눈에 들어왔다. 야구에 조금이라도 관심이 있는 사람이라면 한 번쯤은 들어본 이름이었다. 중계를 준비하던 염경엽 해설위원도 살짝 긴장하며 스튜디오 밖으로 나가 전화를 받았다. 염경엽 해설위원이 곧 자리를 옮길 것 같다는 예감이 들었다.

2023년 KBO리그의 주인공은 LG트윈스였다. 무려 29년의 기다림 끝에 LG트윈스가 한국시리즈 우승을 차지하며 2023년 KBO리그 통합 챔피언에 올랐다. 염경엽 감독은 LG트윈스를 맡은 첫해 29년 만의 통한 우승이라는 대업을 이루어냈다. 1994년 일명 '신바람 야구'를 표방하며 두 번째 한국시리즈 우승을 차지한 이후 LG트윈스의 야구는 그다지 '신바람'이 나지 못했다. LG트윈스는 1997년과 1998년 연속 한국시리즈에 진출했지만, 해태타이거즈와 현대유니콘스에 막혀 준우승에 머물렀다. 2002년 김성근 감독은 다시 LG트윈스를 한국시리즈까지 끌고 갔지만 김응룡 감독이 이끄는 삼성라이온즈에게 첫 한국시리즈 우승을 선사했다. 그리고 LG트윈스가 다시 한국시리즈에 서기까지 21년의 세월이 필요했다.

                                              권성욱의 더 오프닝

2023년 LG트윈스의 야구는 뛰는 야구였다. 이제는 베이스의 크기가 커지면서 도루에 대한 가치 측정이 달라졌지만, 그 당시만 해도 도루의 가치가 많이 떨어진 시기였다. 2023년 LG트윈스의 도루 시도는 무려 267번으로 두 번째로 많은 시도를 한 두산베어스의 181번보다도 압도적으로 많은 수치였다. 65번으로 가장 적은 시도를 한 키움히어로즈보다 4배가 넘는 시도를 했다. 물론 뛰는 야구에 대한 비판도 많았지만, 많은 도루는 상대를 긴장하게 만드는데 충분한 효과가 있었다.

또 하나 LG트윈스의 특징은 역전승이 많았다는 것이다. 86번의 승리 중 역전승이 42번으로 전체 10개 구단 가운데 가장 많았다. 반면 역전패는 29번으로 전체 7위였다. 좀처럼 역전을 허용하지 않고 지고 있어도 언제든 경기를 뒤집을 힘이 있었다. 그 힘의 출발은 강력한 타선과 불펜으로부터였다. LG트윈스는 2023년 팀타율, 팀 OPS 모두 1위를 기록했다. 불펜의 힘도 대단했다. 구원투수 평균자책점은 3.34로 1위. 경기 후반인 7회에서 9회까지의 팀 평균자책점 역시도 3.20으로 1위를 기록했다. 쉽게 경기를 내주지 않는 강한 팀의 전형을 보였다. 오랫동안 신바람이 나지 않았던 LG트윈스 팬들은 2023년 다시 신바람이 났다.

염경엽 감독은 스스로 자신이 야구판의 주류가 아니었다고 고백한다. 그러나 고등학교 시절 광주지역 명문인 광주제일고를 졸업하고 고려대학교에서 야구할 당시만 해도 염경엽은 재능이 넘치는 유망주였다. 재능을 인정받으며 태평양돌핀스에 2차 1라운드 전체 4번으로 입단한 염경엽은 성공에 대한 자신감이 가득했다. 그러나 재능만으로 프로 무대에 도전하는 것은 한계가 분명했다.

염경엽은 그 당시 자신은 재능에만 취해 노력하지 않는 선수였다고 평가했다. 운명이 달라지기 시작한 것은 태평양돌핀스에서 현대유니콘스로 팀이 바뀌면서였다. 현대유니콘스는 1996년 인천고등학교 출신의 초대형 유격수 박진만을 지명했고 더 이상 염경엽은 설 자리가 없었다. 까마득한 후배인 박진만에게 밀려 자신의 이름이 불리지 않았을 때 염경엽의 상실감은 말할 수 없이 컸다.

KBO리그에서는 팀을 이끄는 사람을 감독이라고 통칭하지만, 메이저리그에서 KBO리그의 감독 역할을 하는 사람은 '매니저'라고 부른다. 야구에서 리더의 역할은 감독보다는 팀을 운영하는 사람에 좀 더 가깝기 때문이다. 작전을 짜고 선수의 기술적 훈련을 시키는 지도자의 역할이 아니라 선수단 전체의 운영과 관리를 통솔하고 결정하는 역할을 하기 때문이다. 그러기 위해서는 기술적인 지식도 중요하지만, 야구단 전체를 보는 안목이 무척 중요하다.

은퇴 후 구단 프런트의 길로 들어선 염경엽은 프런트 경험을 통해서 많은 것을 배웠다고 했다. 스카우터 활동을 통해서 선수를 보는 눈을 키웠고 구단 운영팀장을 하면서 구단 전체의 운영에 대한 시각을 넓혔다. 염경엽이 구단 프런트를 하면서 주도했던 것이 운영의 '매뉴얼화'였다. 당시 프로야구 구단은 팀 운영과 구단 프런트 운영에 있어 선진화된 운영 방침이 모호했다. 염경엽은 프런트로 일하면서 구단 운영의 방침을 '매뉴얼화'했다. 매뉴얼을 통해서 선수단과 구단 운영의 원칙을 명문화했고 담당자가 바뀌어도 운영의 원칙이 변하지 않는 틀을 세웠다. 그리고 이런 성과들은 프런트 가장 낮은 곳에서 시작한 염경엽을 구단 내 가장 높은 자리인 GM 단장의 자리로까지 이끌었다.

이런 운영의 시스템은 코치로 일하면서도 예외는 아니었다. 선수들에 대한 훈련 시스템이나 트레이닝의 원칙과 목적 그리고 기술 훈련의 방법까지도 세세하게 매뉴얼화했다. 이런 기술 훈련의 시스템은 코치 개인의 경험과 능력에 따라 선수 지도가 흔들리는 것을 방지하고 팀의 기술적인 방향을 일관되게 하는 효과를 가져왔다. 이 시스템이 빛을 본 것이 히어로즈 시절이었다. 언더독으로 평가받던 히어로즈는 염경엽 감독이 팀을 맡은 2013년부터 2016년까지 4년 동안 매 시즌 포스트시즌에 진출했다. 그리고 2014년 삼성라이온즈와 한국시리즈 7차전까지 간 명승부는 히어로즈 팬들의 기억 속에 오랫동안 남아있다.

뛰어난 재능으로 촉망받던 유망주에서 실패한 프로선수. 구단 프런트 맨 밑바닥부터 가장 정점인 단장까지 그리고 코치에서 감독까지 염경엽의 야구 인생은 굴곡이 넘친다. 깊은 굴곡만큼이나 그의 승부사로서의 통찰력은 점점 더 깊어졌다. 맨 밑바닥부터 시작해 정점까지 올라간 염경엽이었지만 성공의 단맛은 쉽게 찾아오지 않았다. 특히 SK와이번스 단장으로 트로이 힐만 감독과 함께 우승을 이끈 후 감독으로 자리를 옮기면서 또다시 시련이 준비되어 있었다. 전임 감독의 우승 후 팀을 맡다 보니 부담감은 상상 이상이었다.

2019년 염경엽 감독의 SK와이번스는 정규시즌을 2위로 마치며 플레이오프에 직행했다. 그러나 플레이오프에서 자신이 끌어왔던 키움히어로즈에게 패하면서 한국시리즈 진출에 실패했다. 비난이 쏟아진 것은 예정된 절차였다. 2020년 SK와이번스는 여전히 강팀이었다. 그러나 우승에 대한 의무감은 염경엽 감독의 마음을 무겁게 했고 몸무게는 더욱 가벼워졌다. 2020년 6월 25일 두산베어스와의 문학경기장 DH 1차전. 염경엽 감독 인생 최악의 장면이 전국에 생중계됐다.

염경엽 해설위원과 같이 대화해보면 몇 가지 놀라는 부분들이 있다. 먼저 일을 대하는 자세다. 염경엽 해설위원은 중계 경기가 배정되면 자료 조사를 위해 최선을 다했다. 자료 준비에 7시간을 투자하고 부족한 부분이 있으면 주변 야구인을 자비로 고용해 자료를 준비했다. 이렇게 빈틈없이 준비하는 것이 자신에게 떳떳한 것이라고 했다. 야구인으로서의 자부심과 자존심이 그를 철두철미한 사람으로 키웠다. 프런트 시절 꼼꼼한 일 처리도 그런 영향이 있었을 것이다.

또 한 가지는 가족에 대한 사랑이다. 현대유니콘스 시절 우승 축하연에 가족과 함께 갔는데 자신이 후보 선수라 가족마저 후보 취급을 받는 것을 보고 언젠가는 반드시 가족이 자신 때문에 후보 취급받지 않겠다고 다짐했다고 했다. 그리고 결국에는 자신과의 약속을 지켰다.

야구인 염경엽은 모든 이에게 환영받는 인물은 아니었다. 야구 명문 학교를 졸업했고 엘리트의 기회가 있었지만 결국 실패한 야구선수였다. 스타플레이어가 아닌 실패한 야구선수가 살아남기 위해 가장 아래에서부터 버텨야 했다. 염경엽은 그렇게 버텼고 끝내 정상의 자리에 올랐다. 사람들은 독하게 버틴 염경엽을 정치인에 빗대었다. 1할 타자 염경엽의 타격 이론을 야구인들은 비웃었다. 실패한 야구선수 염경엽의 야구 철학에 스타 출신 야구인들은 어이없어했다. 그의 뛰는 야구는 조롱의 대상이었고 생중계된 흑역사는 야구사의 한 장면으로 박제되었다. 그의 통찰력 있는 경기 해설은 약간은 어눌한 발음에 묻혀버렸다. 우승 청부

사라는 표현에 우승 경험 없는 우승 청부사라는 댓글이 달렸다.

2023년 마지막 가장 높은 곳에 서 있는 팀은 염경엽 감독의 LG트윈스였다. 전화 한 통으로 시작된 서사가 LG트윈스의 29년 간의 설움을 날려버렸다. 설움을 날린 것은 LG트윈스만은 아니었다. LG트윈스 우승 감독 염경엽은 그의 길이 틀리지 않았음을 증명했다. 그 모든 조롱과 비난 그리고 실패에도 불구하고 그의 철학은 흔들리지 않았다.

그가 들려주는 이야기의 결론이 우승만은 아니다. **진짜 들려주고 싶은 이야기는 주류가 아닌 사람도, 실패를 경험한 사람도 끝까지 버텨내고 원칙을 놓치지 말아야 한다는 것이다. 그는 험난한 과정을 버티며 승자의 자격을 확인했다. 그를 비웃었던 세상은 끝까지 버텨온 그의 굴곡진 인생에 설득됐다.**

2023년 LG트윈스의 한국시리즈 우승을 축하하는 자리에서 염경엽 감독은 왕조의 출발을 선언했다. LG트윈스는 2023년 29년만의 한국시리즈 우승 후 2025년 또다시 한국시리즈 우승을 차지했다.

   권성욱의 더 오프닝

권성욱의 더 오프닝

과거의 영광이 문신처럼 새겨져 있는 이곳
라팍에 등번호 7번의 역사가 전설처럼 흘러갑니다.

야구에 대한 정진精進만으로 팀의 상수上手가 되어
왕조의 영광을 재현하겠다는 굳은 결의.

당연한 듯 자격을 갖춘 자에게
등번호 7번은 이어받고 이어가고 또 물려줍니다.
지금은 유니폼의 색깔도 다르고
서 있는 위치도 서로 다르지만
7번은 여전히 7번입니다.

과거와 현재, 그리고 미래가 공존하는
라팍에서의 주중 3연전!
지금 시작합니다.

2016년 개장한 삼성라이온즈의 홈구장 '대구삼성라이온즈파크'의 관중석 외벽에는 '삼성라이온즈 왕조'의 화려한 역사가 보란 듯이 새겨져 있다. 한때 리그를 호령했던 삼성라이온즈의 한국시리즈 우승 엠블럼들이다. 1985년(전, 후반기 통합 우승으로 한국시리즈는 없었다), 2002년, 2005년, 2006년 우승 그리고 본격적인 왕조의 시대인 2011년, 2012년, 2013년, 2014년 우승 엠블럼이다. 그러나 정작 삼성라이온즈는 엠블럼이 화려하게 장식된 대구삼성라이온즈파크에 이사를 온 2016년부터 2023년까지 한 번도 한국시리즈에 진출하지 못했다. 과거의 영광이 오히려 현실을 더욱 초라하게 만드는 것일까?

삼성라이온즈는 프로야구 원년인 1982년부터 리그에 참여한 팀이자 출범 당시 팀명을 그대로 유지하고 있는 팀 중 하나다. 역사가 깊은 만큼 많은 서사도 간직하고 있다. 삼성라이온즈는 전통의 강팀답게 무수히 많은 국가대표 선수와 스타플레이어를 배출한 팀이기도 하다. 이 오프닝을 쓴 것은 '삼성왕조'의 기반이라 할 수 있는 2005년 우승 이후부터 이어진 유격수 계보를 이야기하고 싶어서였다.

삼성라이온즈는 '순혈주의'가 강한 팀이었다. 대구, 경북 지역에서 좋은 지도자와 선수가 많이 배출된 것은 사실이지만 그것만으로 한국시리즈 우승을 이루기 어려웠다. 원년 이후 한국시리즈

　　　　　　　　　　　　　　　　　권성욱의 더 오프닝

우승이 없는 것이 삼성라이온즈의 고민 중 하나였다. 따라서 해 태타이거즈 출신의 '명장'김응룡 감독과 '국보급 투수'선동열 감 독을 영입해 한국시리즈 우승을 차지한 것은 상징하는 바가 꽤 크다. 외부 인사 영입은 감독에만 국한되지 않았다. 대표적인 선 수가 바로 현재 삼성라이온즈의 감독인 '국민 유격수'박진만이었 다. 박진만은 1998년, 2000년, 2003년, 2004년 현대유니콘스 를 네 차례 우승시키며 현대유니콘스의 감독이었던 김재박의 뒤 를 잇는 명 유격수로 성장해 있었다.

우승의 DNA를 안고 삼성라이온즈로 이적한 박진만은 선동열 감독과 함께 2005년, 2006년 삼성라이온즈의 한국시리즈 우승 을 이끌었다. 그때 유격수 박진만의 등번호가 7번이었다. 삼성라 이온즈 유격수 등번호 7번의 역사가 시작되는 시점이었다. 물론 천보성, 김재걸 등 삼성라이온즈 역대 유격수 7번을 달았던 선수 가 있기는 했지만, 현재까지 이어오는 삼성라이온즈 '유격수 7번' 서사의 시작은 박진만으로 보는 것이 맞다.

이후 삼성라이온즈 유격수 7번을 이어받은 선수는 '왕조의 유 격수'로 불리는 김상수다. 김상수는 역시 지역 명문인 경북고를 졸업하고 2009년 삼성라이온즈의 1차 지명 선수로 지명됐다. 1990년생인 김상수에게는 쟁쟁한 동기들이 있다. 흔히 '90즈'로 불리는 5명의 고교 최고의 유격수들. 바로 경기고 오지환, 서울

고 안치홍, 광주일고 허경민, 충암고 이학주 그리고 경북고 김상
수다.

이 중 프로에 와서 빠르게 팀의 주축 선수로 자리를 잡은 것은
2009년 기아타이거즈 우승 멤버인 안치홍과 김상수였다. 우승의
주역이었던 박진만의 기량이 노쇠했다는 평가를 받자 팀은 2010
년 삼성라이온즈의 유격수에 2년 차 김상수를 선택했다. 그리고
2010년이 끝난 후 팀을 떠난 박진만의 등번호 7번은 2022년까
지 11년간 김상수의 등번호가 된다.

김상수는 삼성라이온즈 영광의 시기와 암흑기를 모두 관통한
선수다.

김상수는 주전 유격수로서 삼성라이온즈 유격수의 계보의 원류
인 류중일 감독과 함께 2011년부터 4년 연속 한국시리즈 우승을
경험했다. 그리고 2016년부터 시작된 삼성라이온즈의 암흑기도
함께 했다.

김상수 개인적으로 힘들었던 시기는 2019년이었을 것이다.

김상수는 2018년이 끝난 후 삼성라이온즈와 3년 총액 18억
원의 FA 계약을 맺었다. 지난 3년의 성적이 만족스럽지 못해 예
상보다 적은 금액이었지만 어쩔 수 없는 결과였다. 팀의 프랜차
이즈 선수로서는 만족스럽지 못했지만, 푸른색 유니폼을 계속 입

을 수 있어 기쁘다는 말로 그 서운함을 대신했다. 더군다나 삼성 라이온즈는 2019년 신인 드래프트에서 해외 복귀 선수인 동기 이학주를 선택해 유격수 경쟁이 치열해질 것을 예고했다.

결국, 2019년 삼성라이온즈의 유격수 자리는 이학주로 결정됐고 김상수는 한 번도 떠나지 않았던 유격수 자리를 떠나 2루로 자리를 옮겼다. '왕조의 유격수'자존심이 무너지는 시즌이었다. 김상수가 최근에 보여준 성적을 생각한다면 마냥 서운하다고만 할 수는 없었다. 성적으로 말을 할 수밖에 없는 것이 프로스포츠 선수이기 때문이다.

그러나 몇 년 후 반전이 찾아왔다. 2022년 유격수 이학주 카드가 실패로 결론이 난 것이다. 대안이었던 신인 김지찬 카드는 아직 시간이 더 필요했다. 다시 삼성라이온즈의 유격수는 김상수에게로 돌아갔다. 물론 이 과정에서 잡음이 있었던 것도 사실이다. 김상수가 유격수 복귀를 거부한 것이다. 자꾸 약해진 포지션을 메우는 선수 정도로만 여겨져 자존심이 상한다는 이유였다. 팀의 프랜차이즈 유격수였지만 이제는 여기저기 밀려다니는 신세가 된 것이 속상했을 것이다. 결국, 유격수 자리로의 복귀를 받아들였지만, 김상수는 시즌이 끝난 후 KT위즈로의 이적을 선택했다. 마지막 남은 왕조의 유산이 떠나간 것이다.

김상수가 떠난 후 삼성라이온즈의 유격수 7번은 이재현이었다. 김상수는 등번호 7번을 이재현이 물려받는 것이 당연하다고 했다. 서울고를 졸업한 이재현은 2022년 삼성라이온즈의 신인 드래프트 1차 지명선수이자 삼성라이온즈의 마지막 1차 지명선수다. 2022년 삼성라이온즈의 신인 드래프트는 향후 삼성라이온즈의 선수 운영의 방향을 가늠해 볼 수 있는 상당히 의미가 큰 드래프트였다.

서울고 출신의 내야수 이재현을 1차 지명한 삼성라이온즈는 2차 1번으로 물금고 출신의 내야수 김영웅을 지명했다. 두 선수 모두 고교 시절 유격수를 본 선수들이었다. 신인 드래프트에서 1차 지명과 2차 1번까지 야수를 지명한 것은 삼성라이온즈에서는 처음 있는 일이었고 다른 팀에서도 아주 이례적인 '픽'이었다. 이 이례적인 선택을 통해 삼성라이온즈의 고민과 선수 운영의 방향을 예견할 수 있었다. 즉 김상수 이후 구멍이 되어 버린 유격수 자리를 육성育成을 통해 찾아가겠다는 전략이었다. 그리고 그 전략은 꽤 성공적이었다.

이재현은 강한 어깨와 뛰어난 운동 능력을 바탕으로 센스있는 수비를 보였다. 팬들은 이재현의 플레이 스타일을 현역 시절의 박진만 감독과 비교하기도 한다. 눈에 띄는 부분은 공격력이다. 아직은 정확도가 떨어지기는 하지만 두 자릿수 홈런이 가능한 유

　　　　　　　　　　　　　　　　　　　　권성욱의 더 오프닝

격수로 성장해 나가고 있다. 이학주를 통해 꿈꾸던 공격력을 갖춘 유격수를 찾은 것이다. 이재현은 삼성라이온즈 7번의 자격을 갖춰가고 있다.

삼성라이온즈 유격수의 계보가 한자리에 모인 경기가 바로 2024년 5월 21일부터 시작되는 삼성라이온즈와 KT위즈의 주중 3연전이었다. 그리고 나는 이 3연전 중 첫 경기를 중계하게 되었다. 세 명의 계보를 1분 좀 넘는 짧은 오프닝 시간에 어떻게 설명할지 고민하다가 생각해 낸 것이 이름을 이용해 구조를 짠 것이다. 야구에 대한 '정진精進만'으로 팀의 '상수上手'가 되어 왕조의 영광을 '재현'하겠다는……

이렇게 짜기는 했는데 너무 유치하고 이름으로 장난치는 것 같아 처음에는 망설였다. 더군다나 내가 중계하는 5월 21일 경기에 김상수가 컨디션 난조로 빠진다는 것이었다. 세 명이 함께 그라운드에 있어야 의미가 있는데 좀 난감했다. 고민 끝에 그대로 방송하기로 결론을 내렸고 그날의 오프닝이 되었다. 다행히 팬들은 흥미로워했고 오프닝 속에 담긴 이름 찾기 같은 것이 댓글로 올라오기도 했다.

야구선수뿐 아니라 모든 운동선수에게 등번호는 특별하다. 등번호는 선수에게 주어진 단순한 숫자를 넘어 자신에게 부여된 서사書史이다. 때로는 특정 선수를 상징하기도 하고 때로는 한 위치의 대명사가 되기도 한다. 등번호를 물려주고 물려받는다는 것은 계승되는 유산의 일부분이 된다는 것을 의미한다.

경기장에서 팬들이 먼저 기억하는 것은 선수들의 등이다. 등 뒤에 쓰인 숫자. 팬들은 그 숫자를 부르고 기억한다. 단 몇 개에 지나지 않은 숫자이지만 그 숫자가 주는 무게감은 상상 이상이다. 그 안에 많은 것들이 담겨있기 때문이다.

삼성라이온즈의 팬들은 기억한다. 삼성라이온즈의 등번호 7번은 삼성라이온즈의 역사歷史이자 삼성라이온즈의 유격수다.

The Opening
권성욱의 더 오프닝
Anycall
박 진 만
7

권성욱의 더 오프닝

누구에게나 자기만의 때가 있습니다.

그 시간은 빠르게 혹은
좀 느지막이 찾아오기도 합니다.
오늘 마운드에는 자신만의 시간을 기다리는
1라운더들이 대결합니다.

팬들을 늘 설레게 하는 이름 1라운더
그러나 한편으로는 조바심이 느껴지는 이름.
낙동강 강바람에 부산 갈매기는 갈 길을 잃었고
마산 스트리트는 흔들리고 있습니다.

마음 급한 두 1라운더는 흔들리는 제구를
아직 오지 않은 시간을 휘청이는 팀을
바로 잡을 수 있을까요?

낙동강 더비 그리고 주말 3연전.
지금 시작합니다.

2루

리그의 순위경쟁이 뜨거운 9월 중순, 순위경쟁과는 별도로 프로야구 팬들을 들뜨게 하는 이벤트가 있다. 바로 '신인 드래프트'다. KBO리그의 각 구단이 내년도 입단할 신인 선수를 선발하기 위해서 한자리에 모이는 연례행사다. 구단의 가장 큰 자산은 선수라는 관점에서 본다면 매년 우수한 선수를 선발하는 일은 곧 구단의 미래 경쟁력을 좌우하는 가장 중요한 과정이다. 좋은 선수의 지속적인 수급과 육성이야말로 구단 경쟁력의 핵심이다.

야구팬들에게도 이런 '신인 드래프트'는 몇 년 전부터 중요한 콘텐츠가 되었다. 야구팬들은 야구 커뮤니티를 통해서 자신이 응원하는 팀의 상위권 지명선수를 예상해 보기도 하고 자신만의 '픽'을 해서 응원하는 팀의 새로운 선수 구성을 짜보기도 한다. 내가 진행했던 '야구의 참견'에서도 방송에서는 처음으로 '신인 드래프트'를 소재로 삼아 해설위원, 야구 전문 기자들과 함께 '모의 드래프트'를 진행했다. 1차 지명선수는 누가 될지 어떤 팀이 누구를 뽑을지를 각자 예상하기도 했다. 야구팬들의 반응은 꽤 좋았다. 더 나아가 '드래프트'가 끝난 후 상위 지명선수들을 스튜디오에 초청해 토크쇼를 진행하기도 했다.

현재 KBO리그의 신인 선수 선발은 '전면 드래프트'방식으로 진행되고 있다. '전면 드래프트'는 각 구단이 연고 지역 선수에 대한 우선권을 보유하던 1차 지명 제도가 2022년부터 폐지되면서 도입된 제도다. 전국의 모든 지명 대상 선수를 놓고 구단이 연고지와 무관하게 신인 선수를 선발하는 방식이다. 선수 지명 방식은 전년도 팀 순위의 역순으로 1명씩 지명을 할 수 있으며 한 팀당 최대 11명까지 뽑을 수 있다. 과거의 '지역 1차 지명 제도'는 각 구단이 자신의 연고 지역에서 가장 뛰어난 선수를 먼저 지명하고 그 이후에 전국 지명을 가져가는 제도였다.

두 제도는 분명히 장점도 단점도 갖고 있다. '1차 지명 제도'는 지역 내 우수 선수를 먼저 지명하기 때문에 지역 내 아마추어, 중고교 야구에 많은 관심과 투자를 불러일으킨다. 각 구단은 지역에 대한 투자를 통해서 아마추어, 중고교 팀의 발전을 이끌었다. 이 투자는 구단에 좋은 선수를 공급해주는 '지역 팜'으로 성장했다. 이렇게 만들어진 '지역 팜'은 구단 발전의 근간이 되는 선순환 구조를 만들었다.

KBO리그는 원년부터 지역 연고를 통해 성장해왔다. 각 지역의 특색을 통해 팀의 색깔이 구분됐고 '고향 팀'이라는 의미를 부여해 팬덤을 만들어갔다. 그런 의미에서 '1차 지명 제도'는 긍정적인 영향이 컸다. 지역 내의 아마추어 선수가 성장해 연고 팀에 지명이 되는 과정이 하나의 서사가 되고 팬들에게는 이야깃거리가 되는 것이다. 즉, 각 팀의 '프랜차이즈 스타'가 만들어지는 과정이었다. 1차 지명 제도는 KBO리그의 흥행 요소 중 하나였다.

　그러나 '전면 드래프트'제도가 생긴 것은 대한민국 사회의 수도권 집중화에 따라 발생하는 지역 간 격차 때문이다. 수도권과 서울에 인구와 인프라가 집중되다 보니 자연스럽게 수도권과 서울의 자원이 더욱 풍부해졌고 이에 따라 구단 간 형평성의 문제가 발생했다. 드래프트의 가장 중요한 원칙은 각 구단 간의 전력 평준화인데 '지역 팜'간의 격차가 구단 간의 전력 평준화에 역행하는 상황이 발생한 것이다. KBO로서는 '1차 지명 제도'가 가지고 있는 장점에도 불구하고 '전면 드래프트'를 선택해야 했다.

　현재는 전면 드래프트 방식으로 신인 선수를 선발하는 가운데서도 1라운드 1차 지명 선수 이른바 '1라운더'에 대한 관심은 변함없다. 1라운드 지명자들은 그해 프로야구에 도전하는 아마추어 선수 가운데 가장 재능이 뛰어난 인재들이다. 따라서 이 선수들이 '우리 팀'의 전력에 얼마나 도움이 될지 또 더 나아가 '스타'로 성장할 수 있을지 팬들의 관심이 자연스럽게 쏠린다.

　제도는 바뀌었지만 1라운더에 대한 '기대'와 '로망'은 여전하다. 그러나 세상일이 언제나 그렇듯 '기대'와 '로망'이 반드시 현실이 되는 것은 아니다. 1라운더는 '선택받은 자'이기도 하지만 가장 먼저 '시험대'에 오르는 사람이다. 누군가는 '시험대'가 남들이 갖지 못한 '기회'라고도 하지만 그 시험대에서 19살의 나이는 고려되지 않는다.

2024년 5월 31일 NC다이노스와 롯데자이언츠의 사직 경기. 이날의 선발 투수는 NC다이노스의 신영우, 롯데자이언츠의 좌완 김진욱이었다. 신영우는 2023년 1라운드 4순위로 NC다이노스에 입단한 선수다. 롯데자이언츠 김진욱은 2021년 롯데자이언츠 2차 1라운드 전체 1순위 지명을 받았다. 김진욱은 '1차 지명 제도'에서 신영우는 '전면 드래프트'로 두 선수 모두 최상위 선택을 받은 선수들이다.

최재호 감독이 이끄는 강릉고등학교를 졸업한 김진욱은 고등학교 시절부터 이미 프로구단의 주목을 받는 기대주 투수였다. 2019년 당시 고등학교 2학년이던 김진욱은 고교 최다승과 최다 탈삼진을 기록하며 '아마 최동원 상'을 수상해 야구계를 깜짝 놀라게 했다. 당연히 1차 지명 후보였지만 중학교 시절에 전학 간 이력으로 인해 1차 지명에서는 제외되었다. 따라서 2차 전체 1순위 지명권을 가지고 있는 롯데자이언츠의 지명을 받았다. 참고로 2021년 롯데자이언츠의 1차 지명선수는 장안고등학교의 포수 손성빈, 2차 1번은 강릉고등학교의 김진욱, 2차 2번은 덕수고등학교의 나승엽을 뽑아 미래 가치를 놓고 봤을 때 최고의 '픽'을 한 시즌으로 평가받았다.

많은 기대를 안고 입단한 김진욱이었지만 프로에서의 성공이 쉽지는 않았다. 좌완 투수이면서 150km/h의 빠른 공을 던지는 엄청난 장점을 갖고 있었지만 결국 제구력이 발목을 잡았다. 데뷔 후 2023년까지 선발과 불펜에서 계속 기회가 주어졌지만 6점대 평균자책점을 기록했고 이닝당 출루허용률 WHIP(Walks plus Hits divided by Innings Pitched)는 2점대에 육박했다. 2024년도 선발로서 성장할 기회를 잡았지만 제구의 불안은 여전했다.

NC다이노스의 2023년 1라운더 신영우 역시도 부산의 야구 명문 경남고등학교 시절부터 150km/h의 빠른 공을 던지면서 구단 스카우터들의 관심을 받았던 선수다. 특히 '최강야구'에서 신영우와 상대했던 레전드 타자 박용택이 극찬을 하면서 NC다이노스 팬들의 기대를 더욱 높였다. 입단 후 2023년 루키 시즌을 퓨처스에서 보낸 신영우는 2024년 실질적인 데뷔 시즌을 맞았다. 빠른 공을 던지는 신영우의 고민 역시도 제구였다. 제구가 되지 않는 빠른 공은 승부구가 되지 못했다.

김진욱과 신영우, 빠른 공을 가진 두 투수는 아직 프로 무대에서 자신의 자리를 찾지 못했다. 두 선수 모두 상위 픽이라는 이유로 더 많은 기회가 주어졌지만, 그 기회가 아직 온전히 자신의 것이 되지 못했다. 그들의 시간은 아직 오지 않았다.

누구에게나 자신만의 '때'가 있다. 그 '때'가 때로는 빠르게 찾아오기도 하지만 누군가에게는 좀 늦게 오기도 한다. 아직 두 투수에게 그 '때'가 오지는 않았다. 다만 그 '때'를 위해서 여전히 준비하고 있다.

야구팬들은 1라운더의 성공 가능성에 큰 기대를 하지만 아이러니하게도 상위 픽이 반드시 프로 무대에서의 성공을 '보장'하는 것은 아니다. 상위 픽은 '재능'의 영역이다. 고등학교, 아마추어 레벨에서는 '재능'의 영역에서 자신의 존재를 드러내는 것이 충분히 가능하다. 그러나 프로 레벨로 올라서면 얘기가 좀 달라진다. 프로의 레벨에서 '재능'은 여러 가지 옵션 중 하나일 뿐이다. 노력이 동반되지 않은 '재능'은 남들과 구분되지 않는 옵션일 뿐이다.

현재 KBO리그에서 드래프트 지명 순위와 상관없이 성공을 거둔 사례는 너무 많아서 일일이 열거하기도 쉽지 않다. '타격 기계'김현수는 아예 드래프트에서 지명조차 받지 못한 선수였다. 신고 선수로 입단해 최고의 자리에 오른 대표적인 케이스다.

2025년 KBO리그를 뒤흔든 안현민은 2차 4라운드 전체 38순위로 KT위즈에 지명됐다. 안현민과 신인왕 경쟁을 했던 좌완 송승기는 2021년 2차 9라운드 전체 87위로 LG트윈스에 입단했다. 같은 팀의 문성주는 2018년 2차 10라운드 전체 97번째로 이름이 불렸다. 거의 마지막에 이름이 불린 것이다.

그런 문성주가 치열하기로 소문난 LG트윈스의 주전 좌익수다. 현재 상무에서 군 복무 중인 삼성라이온즈의 외야수 김현준 역시도 2012년 2차 9라운드 전체 83번째로 이름이 불렸다. 포기하기 직전 이름이 불리자 눈물을 흘리는 영상은 한동안 팬들에게 화제가 되기도 했다.

누구에게나 자신만의 '때'가 있고 우리는 그 '때'가 오기를 기다린다. 1라운더는 1라운더 나름대로 아직 오지 않는 자신만의 '때'에 조바심이 날 수 있다. 또 하위 선택을 받은 선수들은 또 그 나름대로 자신의 기회를 만들기 위해 오늘도 전력을 다한다. 1라운더에게도 어렵게 기회를 잡은 선수에게도 가장 어려운 상대는 시간이다. '언제 터질까?' '아직도 멀었나?' 기대의 시선은 스스로를 가둔다.

다만 세상의 운동장은 기울어 있을지 몰라도 그들이 서 있는 그라운드는 기울지 않았다. 중요한 것은 출발의 빠르고 늦음이 아니다. 그들에게 남는 것은 버텨낸 시간이다. 버텨내는 재능은 언젠가 더 이상 '기대'가 아닌 '증명'이라는 이름으로 불린다.

우리는 조바심에 너무 빠른 답을 요구한다. 때로는 시작도 하기 전에 결과를 묻는다. 하지만 성장에는 늘 시간이 따라다닌다. 그리고 시간은 누구에게나 같은 속도로 흐르지 않는다. 서로의 마운드에서 아직 오지 않은 시간을 위해 오늘을 던질 뿐이다.

볼이 들어갈 수도 있다. 스트라이크면 더 좋다.
중요한 것은 여전히 마운드에서 버티고 있다는 것.
돌아보지 마라. 가야 할 길이 아직 멀다.

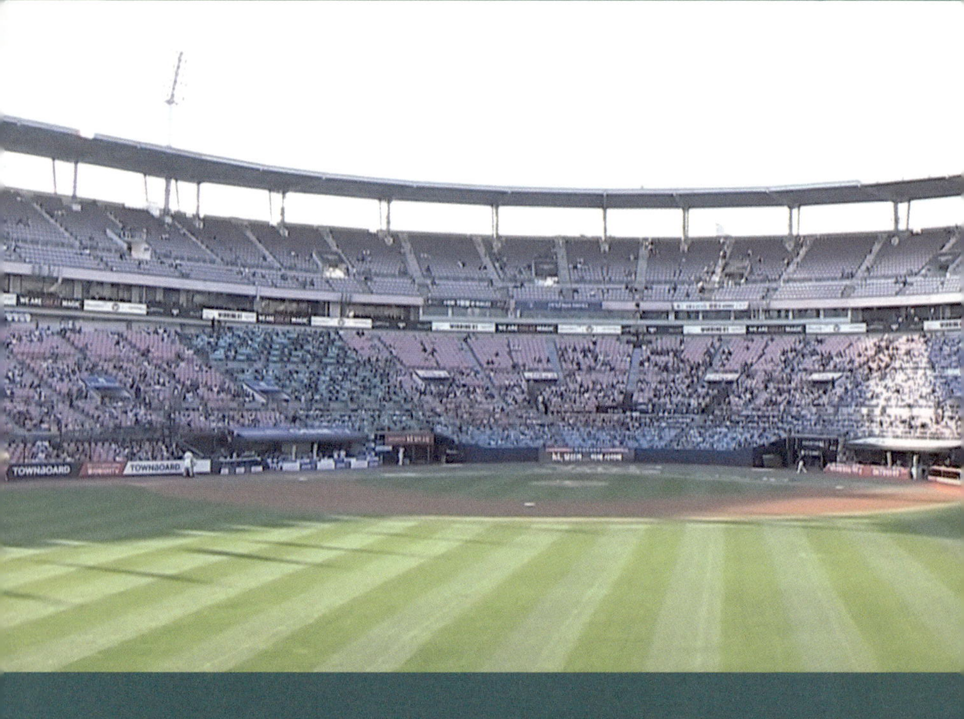

세상을 바라보는 방법은 아주 다양합니다.

오른쪽으로 바라보기도 하고
또 누구는 왼쪽으로 마주합니다.
또 다른 사람은 옆으로 시선을 돌립니다.

당연히 정답은 없습니다.
오른쪽으로든 왼쪽으로든 아니면 옆으로 바라보든
중요한 것은 우리가 한 곳을 함께 바라본다는 것.

공교롭게도 오늘 두 팀의 마운드에서는
옆으로 세상과 승부하는 직진남들이
한 곳을 향해 운명을 던집니다.

같이 바라보지만 함께 갈 수는 없는 곳.
그곳으로 우리를 영도하는 것은
과연 누구일까요?

2루

야구는 스스로가 가지고 있는 다양성을 직설적으로 표현한다. 예를 들면 누군가는 오른팔로 공을 던지고 또 다른 투수는 왼손으로 공을 던진다. 그뿐만 아니라 옆으로 공을 던지는 선수도 있다. 더 나아가 아예 잠수함처럼 땅을 박차고 오르는 듯한 공을 던지는 선수도 있다. 상대를 의도적으로 기만하지만 않는다면 타자를 상대하는 방법은 어떤 형식이건 가능하다. 타자도 마찬가지다. 오른쪽 타석에서 타격하는 선수도 있지만, 왼쪽 타석을 선호하는 선수도 많다. 심지어는 상대 투수에 따라 좌우 타석을 왔다 갔다 하는 타자도 있다.

일반적으로는 야구에서 왼손잡이가 유리한 것은 잘 알려진 사실이다. 그래서 프로선수를 꿈꾸는 아마추어 선수 중에는 오른손 타자임에도 불구하고 의도적으로 좌타자로 전환한 선수도 많이 있다. 이렇게 '만들어진' 좌타자 중에는 대한민국 프로야구의 한 시대를 장식한 선수도 여러 명이 있다. 대표적인 선수가 오랫동안 KBO리그 통산 최다안타 타이틀을 보유하고 있었던 레전드 좌타자 박용택이다. 현재 KBSN 스포츠의 해설위원으로 활동하고 있는 박용택 위원은 초등학교 시절 은사인 최재호 감독(現 강릉고 감독)으로부터 우투좌타를 제안받았고 피나는 노력 끝에 좌타자에 적응할 수 있었다고 했다. 투수 중에는 대표적인 선수가 류현진이다. 류현진은 왼손 투수로 KBO리그와 메이저리그에 이름을 남겼지만, 야구를 할 때를 제외하고는 일상생활에서는 오른

　　　　　　　　　　　　　　　권성욱의 더 오프닝

손을 쓴다고 한다. 왼손으로 공을 던지든 아니면 오른손으로 던지든 혹은 좌타자이건 우타자이건 목적은 한 가지다. 야구를 잘하는 것 더 나아가서 팀이 이기는 것이다. 상대를 속이지 않는 한 팀이 이기기 위해서는 왼쪽 시선, 오른쪽 시선 혹은 옆으로 봐도 상관없다.

우리가 사는 사회 역시도 다양한 시각들이 존재한다. 어떤 사람은 오른쪽 시선으로 세상을 바라보며 또 다른 사람은 좀 더 왼쪽에서 사회를 대한다. 그렇다고 왼쪽과 오른쪽만 있는 것은 아니다. 왼쪽과 오른쪽만 존재한다면 그 사회는 오히려 다양한 사회가 아니다. 사실 대부분의 사람들은 오른쪽과 왼쪽 중간의 어딘가에 자리 잡고 있다. 사안에 따라서 좀 더 오른쪽으로 가기도 하고 또 어떤 때는 왼쪽으로 한 걸음 더 간다.

최근 몇 년 특히 2025년 대한민국 사회는 서로 다른 정치적 견해로 나뉘어 극심하게 대립했다. 흔히 말하는 보수와 진보 양극단에 서서, 대한민국 사회는 또 다른 분단을 경험하고 있는 것은 아닐까. 스포츠 중계를 하면서 정치적인 이야기를 꺼내는 것이 상당히 부담스러웠던 것도 사실이다. 그러나 최근 몇 년간 대립한 사회를 보면서 안타까운 마음이 드는 것은 대한민국 사람이라면 누구라도 다르지 않을 것이다.

다만 내가 믿고 싶었던 것은, 어느 쪽이든 그들이 외치는 말들이 결국엔 우리가 살아가는 이 세상을 조금 더 낫게 만들려는 진심에서 비롯되었기를 바라는 마음이 전부였다. 하지만 각자의 정의를 주장하던 고집은 점점 극단적으로 굳어졌고, 결국 서로를 헐뜯는 대립과 대결로만 이어질 뿐이었다. 이런 대립과 대결 속에서 본질은 희석되었고 옳고 그름은 희미해졌으며 주장과 선동만이 공허하게 울렸다.

2024년 6월 18일 롯데자이언츠와 KT위즈의 대결. 롯데자이언츠의 선발은 한현희, KT위즈는 엄상백이었다. 공교롭게도 두 투수 모두 사이드암 즉 옆으로 던지는 투수이면서 강한 공을 뿌리는 선수들이다. 1회부터 1점씩을 허용하며 두 투수는 경기를 시작했다. 결국, 롯데자이언츠의 선발 한현희는 5.1이닝 6자책점 그리고 KT위즈의 선발 엄상백은 6이닝 동안 홈런 2개를 허용하며 4자책을 기록했다. 이날의 경기는 KT위즈가 6대4로 승리했다. 승리투수는 엄상백이었다. 빠른 공을 던지는 사이드암 투수인 한현희와 엄상백은 승자와 패자가 갈렸지만, 각자의 마운드에서 최선의 투구를 보였다. 두 투수 모두 바라보는 시선의 방향은 단 하나, 야구라는 규칙 속에서 팀의 승리였다.

경기가 성립되기 위해서는 상대가 존재해야 가능하다. 야구 경기에서 상대는 제거되어야 할 적이 아니라 경기 성립을 가능하게 하는 승부의 파트너다. 상대가 있어야 승리도 패배도 인정된다. 물론 상대와 바라보는 곳은 승리라는 한 방향이지만 같이 갈 수는 없다.

우리는 흔히 왼쪽 혹은 오른쪽으로 사람들의 시선을 단순화한다. 정치적 견해 역시도 마찬가지다. 어느 쪽이 서 있느냐 또는 출생지가 어디냐로 그 사람 전체를 규정지으려 한다. 하지만 사람은 그런 것보다 훨씬 더 복잡다단하다. 경제문제에 있어서는 보수적이지만 정치문제에 관해서는 진보에 가까운 의견을 가지고 있는 사람도 있다. 그 반대인 경우도 당연히 존재한다.

마운드에서 투수가 던지는 것은 공이 아니라 '무엇이 정답인가'에 대한 증명이었다.

누군가는 오른쪽에서 세상을 해석하고, 다른 사람은 왼쪽에서 의미를 부여한다. 그날 두 투수는 각자의 자리에서 서로의 승부구를 던졌다. 서로의 방식은 달랐지만, 그들이 향한 방향은 일치했다. 규칙은 공유됐고 같은 경기 안에 있었다.

우리를 영도하는 것은 결국 태도다. 상대를 이기는 것이 아니라 이해하려는 태도. 증명하려 들기보다는 먼저 말을 건네는 것. 야구가 건네는 이야기는 이기고 지는 것이 아니라 결과 너머에 존재하고 있다. 우리가 궁금한 것은 승패가 아니다. 우리가 아직 같

은 규칙 속에서, 같은 경기를 하고 있는가?

* 이 오프닝에서는 야구의 다양성에 관한 이야기를 하면서 우리 사회
가 최근 직면하고 있는 극단적 대립을 비판하고 싶었다. 방송용 오
프닝에서는 최대한 정치적 시각에 대한 의미를 감추려고 노력했다.

 권성욱의 더 오프닝

권성욱의 더 오프닝

오랜만에 마주한 스승과 제자.

이기고 지는 것만이
승부의 본질이 아님을 깨우친 노장은 먼저 고개를 숙였고
스승의 가르침을 이어받은 제자는 허리를 굽혔습니다.

승부의 냉엄冷嚴함은 때로는 살점을 저미지만
야구가 주는 유일한 낭만은 존중尊重이었습니다.

지옥같이 뜨거운 경쟁과 얼음처럼 차가운 관계.
그러나 그 속에 꿈틀대는 낭만.
오늘 밤 그 낭만이 다시 살아납니다.

진정한 강자를 꿈꾸는 달의 결기決起와
승리를 향한 젊은 패기霸氣가 대결하는 주중 3연전!
지금 시작합니다.

김경문 감독이 다시 유니폼을 입고 잠실야구장을 방문한 것은 NC다이노스 감독 시절인 2018년 5월 24일 이후 거의 6년 만이었다.

원정팀 감독으로 잠실야구장을 찾은 김경문 감독이 도착하자 일찌감치 야구장에 도착해 훈련 중이던 두산베어스의 이승엽 감독은 옛 스승을 맞이하기 위해 달려갔다. 달리듯 다가오는 이승엽 감독을 발견한 김경문 감독은 먼저 고개를 숙여 옛 제자를 맞이했다. 고개 숙인 스승의 인사에 제자는 허리를 90도로 굽혔다.

김경문 감독과 이승엽 감독에 관한 이야기를 하면서 2008년 베이징올림픽을 얘기 안 할 수 없다. 이제는 먼 옛날의 꿈이 되었지만, 그 시절 우리에게 베이징올림픽 야구 금메달은 아무리 들어도 지겹지 않은 '국뽕'의 결정판이었다. 김경문 감독의 야구를 설명하는 대명사인 '믿음의 야구', 응원하는 팀이 지고 있어도 8회 무언가 기대를 해봐야 한다는 의미인 '약속의 8회' 모두 베이징 올림픽 야구에서 완성된 용어들이다.

2008년 8월 그 뜨겁던 여름 베이징.
대한민국과 일본의 준결승전.
당시 이승엽은 준결승전 전까지 팀의 중심 타자답지 않게 극심한 부진을 겪고 있었다. 그날 경기에서도 무사 1, 3루에서 병살타를 치는 등 이승엽은 좀처럼 살아날 기미를 보이지 못했다. 그럼에도 불구하고 베이징올림픽 야구 대표팀 김경문 감독의 믿음에는 흔들림이 없었다.

좀처럼 깨지지 않는 2대2의 팽팽한 균형. 8회 일본의 투수는 좌타자 킬러인 이와세 히토키. 김경문 감독은 부진한 이승엽의 타석에 대타를 기용하지 않았다. 그리고 그 믿음에 '국민타자'이승엽은 결승 홈런으로 완벽하게 보답했다. '믿음의 야구'가 '약속의 8회'로 완성이 되는 순간이었다. 그리고 결승전 대한민국 대표팀은 당시 아마야구 최강이라던 쿠바를 꺾고 1992년 바르셀로나 올림픽 여자 핸드볼 금메달 이후 16년 만에 단체 구기종목 금메달을 따냈다. 금메달까지 9경기 그리고 9승 완벽했다.

김경문 감독은 이후 올림픽 당시 맡고 있던 팀인 두산베어스를 떠나 2011년 한국프로야구의 9번째 심장 NC다이노스의 초대 감독으로 부임했다. 김경문 감독은 NC다이노스가 정식으로 1군 리그에 참여한 2013년부터 자진사퇴를 한 2018년까지 6시즌 동안 총 4번의 포스트시즌, 1번의 한국시리즈 진출이라는 성과를 만들어냈다. 그러나 두산베어스에서와 마찬가지로 NC다이노스에서도 한국시리즈 우승 타이틀은 갖지 못해 하늘이 정해준 운을 올림픽 금메달에 다 쓴 것 아니냐는 농담이 사실처럼 들렸다.

NC다이노스를 떠난 후 6년여를 야인으로 지내던 김경문 감독은 2024년 6월 2일 한화이글스의 14대 감독으로 현장에 다시 복귀했다. 2017년 현역 은퇴를 한 이승엽 감독은 해설과 방송 활동을 이어오다 김태형 감독의 뒤를 이어 2023년부터 두산베어스의 11대 감독으로 팀을 이끌었다. 야구 예능 '최강야구'의 감독 외에 KBO리그 현장 지도자 경험이 없던 이승엽 감독은 팀을 맡은 첫해 정규리그 5위를 기록했다. 김경문 감독을 처음 대면한 2024년 6월 11일 당시 이승엽 감독의 두산베어스는 37승 28패 2무로 전체 3위를 기록 중이었다.

이 오프닝은 두 감독의 첫 만남인 2024년 6월 11일 이후 두 번째 대결인 2024년 6월 25일 대전 한화생명 이글스파크에서의 3연전 중 첫째 날 쓴 오프닝이었다. 두 감독이 오랜만에 만났을 때 언론에서도 깊은 관심을 보이면서 많은 기사가 쏟아져나왔다. 기사를 통해 본 두 감독의 대면 모습에 나 또한 강한 인상을 받아 오프닝으로 쓰게 됐다.

그날의 영광, 그리고 16년의 세월이 흘렀다.
끝까지 믿음을 버리지 않고 기다려 주었던 스승은 이제 백발이 되어 현장으로 다시 돌아왔다. 그리고 마치 새롭게 도전하는 사람처럼 모자를 벗고 옛 제자를 향해 고개를 숙였다. 머리칼은 세월에 바래고 주름은 선명해졌지만, 숙성된 품격은 자존심을 넘어

선 존중으로 발현됐다.

누가 먼저 인사를 했는지 먼저 고개를 숙인 것은 누구인지는 중요하지 않다. 나이의 많고 적음은 더욱더 여기에 끼지 못한다. 다만 있는 것은 상대에 대한 존중일 뿐이었다. 오랜만에 차디찬 승부의 세계로 돌아온 노감독은 누구보다 먼저 존중을 실현했다. 수많은 승부를 통해 노장이 깨달은 승부의 본질. 진정한 승부란 상대를 꺾는 것만이 아닌 서로를 완성해 가는 과정이라는 노장의 고백이었다. 제자 또한 스승의 가르침대로 한치의 가벼움 없이 예의를 갖추어 옛 스승을 맞이했다. 그리고 그저 제자로 스승 앞에 선 것이 아니라 한 팀의 감독으로서 성장한 당당함도 잊지 않았다. 그것이 오랜만에 재회한 스승에게 선사할 수 있는 최고의 예우이기 때문이다. 그리고 이제는 스승의 가르침을 간직한 채 자신만의 승부를 증명해야 했다.

진정한 강자를 꿈꾸며 긴 세월을 견뎌온 노장의 결기 그리고 거침없이 자신을 증명해야 하는 젊은 패기.

'달의 결기와 젊은 패기의 대결'은 10여 년 전 2015년 두산베어스와 NC다이노스의 플레이오프 3차전에서 이미 썼던 표현이다. NC다이노스는 김경문 감독 두산베어스는 김태형 감독. 역시 떼려야 뗄 수 없는 스승과 제자 사이. 그 당시 젊은 패기는 김태형 감독이었다.

　이제 젊은 패기는 이승엽 감독이다. 그러나 달의 결기는 아직도 달의 결기다. 승부를 향한 집념. 아직 이루지 못한 우승의 목마름은 여전하다. 지옥같이 뜨거운 경쟁 속에서 늘 관계는 급격하게 차가워진다. 그러나 보이지 않는 온기가 그라운드에 스며있다. 스승과 제자가 서로에게 고개를 숙이는 순간 새로운 서사가 시작되었다.

과연 좋은 타이밍이라는게 있을까요?

누구나 완벽한 기회가 오기를,
우주의 기운이 열리는 시기를 기다리지만
과연 그런 것이 존재할까요?

기회機會는 위기危機라는 가면을 쓰고 나타납니다.

무너질 듯한 위기 속,
핫초코를 마시던 어린 소년의 꿈은 기회로 커졌습니다.
그리고 위기의 꼭대기에서 희망의 자락이 간절했던
무명의 베테랑은 기회라는 사명을 받습니다.

**찌는 듯 하늘만큼이나 높고 뜨거운 그들의 기회.
무척이나 덥고 꽤나 힘든 하루가 또 지나갑니다.**

2루

드라마를 잘 보지는 않는다. 야구 중계를 하며 그 어떤 작가도 쓰지 못할 극적인 드라마를 현장에서 지켜보다 보니 웬만한 드라마는 눈에 잘 들어오지 않는다. 다만 SNS에 뜨는 '짤방'을 통해서 최근 유행하는 드라마를 확인하곤 하는데 얼마 전에 눈길을 끄는 짤이 하나 있었다. 유명 웹툰을 원작으로 하는 '나빌레라'라는 드라마의 짤이었다. '나빌레라'는 2021년 tvN에서 방영된 드라마로 원로배우인 '박인환'과 '송강'이 주인공이다. 평생 꿈이었던 발레에 도전하는 70대 '덕출'과 꿈 앞에서 방황하는 스물세 살 '채록'의 꿈과 도전 그리고 성장에 관한 이야기다. 인상 깊게 봤던 짤은 주인공 '덕출' 역할의 '박인환' 배우의 대사였다. 축구 국가대표가 꿈이었지만 좌절한 젊은이에게 이런 조언을 한다.

'완벽하게 준비되는 순간은 안 오더라. 그냥 시작하면서 채워. 부족해도 들이밀어.'

재테크 용어 중에 '복리의 마법'이라는 말이 있다. 복리란 이자에 이자가 붙어 시간이 흘러가면서 자산이 급격하게 늘어나는 것을 말한다. 여기서 핵심은 시간이다. 재테크를 시작하는 분들이 고민하는 것 중의 하나가 '타이밍'이다. 자산의 이익을 극대화하기 위해서는 쌀 때 사서 비싸게 파는 것이 당연한데 문제는 언제 사느냐? 그리고 언제 팔 것인가? 하는 '타이밍'이다. 전문가들은 긴 시간 꾸준히 적립식으로 투자하다 보면 자산 가격이 내려갈

                                        권성욱의 더 오프닝

때나 혹은 자산 가격이 오를 때 이 모든 것을 수렴해 결국 자산이 점점 불어난다고 조언한다. 즉 이 어려운 문제에 대해서 재테크 전문가들은 간단하게 정의한다.

'좋은 타이밍이란 없다. 그저 시간을 당신이 편으로 만들어라.'

2011년 겨울. 사람들의 관심을 끈 TV 광고가 있었다. 한 식품 회사의 '핫초코'광고였는데 메인 모델은 김성근 감독이었다. 광고 내에서 김성근 감독에게 '할아버지 야구 잘하세요?'라고 질문하던 소년이 있었다. 야구팬들이라면 다 아는 이야기다. 김성근 감독에게 야구 잘하시냐고 물어보았던 소년 목지훈이 2024년 8월 3일 NC다이노스의 선발로 예고됐다. 광고를 찍을 당시 야구를 취미로 하고 있던 소년 목지훈은 김성근 감독의 권유로 엘리트 선수의 길에 들어섰다. 이후 신일고등학교를 졸업한 목지훈은 2023년 4라운드 전체 34번으로 NC다이노스에 지명되어 프로 선수 생활을 시작했다. 2024년 8월 3일. 이날 목지훈은 프로 데뷔 후 첫 1군 선발 등판의 기회를 맞았다.

목지훈은 2024년 상반기 퓨처스에서 14경기 등판해 1승 4패 2.65의 평균자책점을 기록 중이었다. NC다이노스 입단 후 퓨처스에서 선발 수업을 받고 있던 목지훈은 1군에 선발 공백이 생기자 1군 첫 선발 등판의 기회가 주어진 것이다. 그동안 받아온 선발 수업의 결과를 보여줄 좋은 '타이밍'이었다. NC다이노스의 상대인 KT위즈의 선발은 조이현으로 예고됐다. 조이현은 제주고등학교를 졸업한 후 2014년 2차 5라운드 전체 47번으로 한화이글스에 입단했다. 2016년 트레이드되면서 2022년까지 SK와이번스의 투수로 활약했다. 조영우에서 조이현으로 개명까지 하면서 의욕을 보였지만 2022년이 끝난 후 SK와이번스에서 방출됐다. 그리고 2023년 KT위즈에서 새로운 기회를 잡았다. 자신을 보여줄 '타이밍'이 절실했다.

두 선수 모두 자신의 존재를 보여줄 좋은 '타이밍'이었다.

그러나 두 선수에게 8월 3일은 좋은 '타이밍'이 아니었다. 그날 비 때문에 경기가 열리지 못했다. 자신이 준비해 온 것을 보여줄 기회였지만 하늘이 허락하지 않은 것일까? 하늘이 야속하게 느껴질 법도 했다. 그러나 돌이켜 보면 좋은 '타이밍'이란 과연 존재했던 것일까? 우리는 늘 완벽한 시간을 기다린다. 내가 준비한 모든 것을 보여줄 완벽한 '찬스'. 내가 평생을 기다려왔던 '단 한 번의 기회' 그러나 안타깝게도 모든 것이 완벽하게 갖춰진 순간은 오지 않는다. 야구뿐 아니라 인생 대부분의 순간에도 그런 날은 존재하지 않거나 오지 않는다. 알려진 악재는 이미 악재가 아니다. 기회는 위기라는 가면을 쓰고 다가온다는 말처럼 기회는 눈앞에 선명하지 않다.

우천으로 목지훈과 조이현의 등판 기회는 하루씩 밀렸다. NC 다이노스의 목지훈은 다음날 다시 선발의 기회가 주어졌다. 그의 하루 뒤로 밀린 첫 선발 등판은 다소 아쉽게 마무리됐다. 선발 투수 승리 요건인 5회를 다 채우지 못했고 3.2이닝 동안 15타자를 상대하면서 피안타 4개, 피홈런 1개, 4실점을 기록했다. 기대에는 조금 미치지 못했지만, 첫 선발 등판이라는 것을 고려한다면 이해할 만했다.

KT위즈 조이현은 다음 날 경기에서 외국인 선발 투수 윌리엄 쿠에바스가 1이닝만 던지고 마운드에서 내려가자 곧바로 뒤이어 등판했다. 조이현도 마운드에 올라와 1이닝 동안 피안타 3개, 2실점을 하면서 마운드를 넘겼다. 두 선수 모두 등판 일정이 하루씩 밀린 탓인지 좋은 컨디션을 보여주지는 못했다. 이제 첫 기회를 잡은 신인에게도, 오랫동안 기다려왔던 베테랑에게도, 주어진 기회는 한여름의 더위처럼 숨이 막혔다.

신인 선수에게 '기회'는 주어지는 것이 아니라 쌓아가는 과정이었다. 그리고 오랜 시간을 기다려온 베테랑에게 '타이밍'은 견뎌온 시간의 또 다른 얼굴이었다. **어쩌면 우리는 좋은 '타이밍'과 '기회'를 기다리는 것이 아니라 실패를 두려워하며 핑곗거리를 찾고 있는 것일지도 모른다. 기회는 늘 준비되지 않았을 때 불청객처럼 찾아온다. 심지어 위기의 이름으로 찾아오기도 한다. 8**

월의 더위를 온전히 느껴본 사람만이 알 수 있다. 뜨거운 태양을 견뎌낸 사람만이 알게 된다. '타이밍'이 좋았던 것이 아니라 그저 견뎌냈다는 것을.

8월의 태양은 여전히 뜨겁다. 하루는 아무 일 없었던 것처럼 무심하게 지나간다.

그러나 무심했던 하루가 누군가에게는 뜨거운 '기회'였다. 별거 아닌 것 같던 오늘이 사실은 누군가에게는 특별한 '타이밍'이었다. 오늘 잘 견뎌낸 하루가 우리의 '타이밍'이었다는 것을 내일에서야 눈치챈다.

좋은 '타이밍'이란 없다. 남아있는 것은 단 하나. 물러서지 않았다는 사실이다. 물러서지 않은 오늘이 내일의 타이밍을 만든다.

알려진 악재는 악재가 아니다.
기회는 위기라는 가면을 쓴 채 공포라는 옷을 입고
다가오는 법이다.

권성욱의 더 오프닝

어쩌면 중요한 것은 열정일지도 모르겠습니다.

때로는 잘하지 못할 수도,
성공하지 못할 수도 있습니다.
하지만 열정이 있다면 실패는 밑거름이 되고
패배는 때로 반전이 됩니다.

여러분이 응원하는 팀은 충분히 열정적인가요?
혹은 여러분은 지지 않는 열정으로
응원을 보내고 계신가요?

지금이야말로 열정이 필요한 시기.
모든 것을 다 걸고 승부.
모든 것을 다 바쳐 응원.

아직 시즌은 끝나지 않았습니다.

남은 경기는 이제 서른 경기 남짓.
그리고 새로운 주말 3연전이 시작됩니다.

2루

2024년은 KBO리그 역사에 중요한 한 해로 기록될 것이다. 먼저 리그 운영에 있어서 제도적인 변화가 대대적으로 일어났다. 가장 크고 획기적인 변화는 역시 자동 투구 판정 시스템 ABS(이하 ABS)의 도입이었다. 퓨처스와 아마추어 야구에서 시험적으로 일부 운영했던 ABS를 전격적으로 1군 경기에도 도입하기로 했다. 야구에서 가장 상징적이면서도 논란이 되어 온 요소는 스트라이크와 볼 판정이었다. 또한, 프로야구에 신규 팬이 쉽게 유입되지 못했던 이유 중 하나가 바로 스트라이크 존에 대한 난이도였다.

스트라이크 존과 관련한 문제는 이미 팬들 사이에서도 프로야구가 가지고 있는 아쉬운 점 중에 하나로 꼽혔다. 그러나 ABS를 전격적으로 도입하면서 이런 야구의 부정적인 이미지들을 단숨에 해결할 수 있었다. 문제는 기술적 완성도였지만, 이미 퓨처스와 아마추어 야구에서의 시험 운영을 통해 문제점을 확인했고 보완을 마쳤다. 또한, 충분한 데이터를 확보해 1군 도입이 가능해졌다. 또한, 베이스의 크기를 확대해 뛰는 야구가 가능해져 경기 안에서 다양한 작전이 나왔고 야구의 보는 재미는 더해졌다. 2023년 염경엽 감독이 강조했던 뛰는 야구는 인정을 받았다. 육상부라고까지 불렸던 두산베어스는 2023년 181번의 도루 시도에서 2024년에는 234번의 시도를 해 약 30%에 가까운 증가율을 보였다. 베이스의 확대로 뛰는 야구가 대세가 되자 각 팀 내 대주자

                                    권성욱의 더 오프닝

의 활용도가 높아져 선수 기용의 폭도 넓어지는 효과를 가져왔다.

또 하나의 큰 변화는 피치클락pitch clock. 투구 시계의 도입이다. 피치클락은 이미 메이저리그에서도 시행 중이던 것으로 가장 큰 목적은 경기 시간 단축이다. 야구계는 새로운 팬 특히 젊은 팬의 유입에 가장 큰 걸림돌 중 하나가 지나치게 긴 경기 시간이라는 점에 대한 대안으로 여러 가지 시도를 했다. 그중 하나가 피치클락을 통해 투수의 투구 준비 시간을 단축하는 것이다. KBO리그의 평균 경기 시간은 3시간이 훌쩍 넘어 숏츠에 익숙한 세대에게 긴 경기 시간은 부담이었다. 일단 2024년은 시범 운영으로 시행됐지만, 경기 시간 단축에 대한 KBO의 강한 의지는 그대로 반영이 됐다.

이러한 변화에 반응한 것은 팬들이었다. 야구를 더욱 공정하고 재미있는 스포츠로 만들겠다는 노력은 새로운 팬들을 끌어들이는 데에 성공했다. 제도적인 변화는 프로야구의 높은 진입 장벽을 낮추었고 새로운 팬들의 유입이 대거 이루어졌다. 특히 젊은 층과 여성 관중의 증가는 KBO로서는 상당히 고무적인 일이었다.

2024년 KBO리그는 1,000만 관중이 야구장을 찾았다. 폭발적인 관중의 증가였다. KBO의 제도 개선과 맞물려 KBO리그의 대표 인기 팀들이 좋은 성적을 기록해 1,000만이라는 역사적인 관중 기록을 세웠다. 대부분의 구단이 전년 대비 관중 증가를 기록했는데 그중 가장 눈에 띄는 팀은 한화이글스다. KBO리그는 전체 720경기 중 약 30%에 해당하는 221경기가 매진됐다. 그중 한화이글스는 홈 71경기 중 무려 47차례 매진으로, 홈 경기의 절반이 넘는 66.2%의 매진을 기록했다. 또한, 17경기 연속 매진으로 KBO리그 홈 연속 경기 매진 신기록을 세웠다.

2024년 한화이글스는 큰 희망으로 시즌을 시작했다. 2024년 한화이글스의 캐치프레이즈는 'DIFFERENT US'였다. 달라진 한화이글스를 보이겠다는 구단 차원의 의지였다. 구단은 길고도 고통스러웠던 리빌딩Rebuilding의 종료를 선언했고 리빌딩의 결과가 성적으로 나타나는 윈나우Win Now 시즌이 될 것이라고 자신했다. 자신감의 원천에는 메이저리그에서 돌아온 류현진이 있었다. 류현진은 메이저리그 잔류도 가능했지만, 친정팀 한화이글스의 우승을 위해서 KBO리그 복귀를 선언했다. 류현진의 복귀 소식은 차갑던 스토브리그를 뜨겁게 달구었다. 노시환, 문동주로 대표되는 젊은 선수의 성장, FA로 영입한 채은성, 안치홍 그리고 메이저리그를 평정한 류현진의 복귀까지, 한화이글스의 전력은 단숨에 리그 정상급으로 평가받았다. 더 나아가 우승 도전도 가능하다는 전망도 끊이지 않았다.

그러나 야구는 늘 계획과 예상대로 되지 않는다. 시즌 개막 후

약 한 달 동안은 시즌 전 예상이 맞아떨어지는 듯했다. 그러나 4월 중순이 넘어가자 한화이글스는 더 이상 중위권을 지키지 못하고 하위권으로 밀려났다. 팀의 순위가 밀려나면서 그 어느 해보다 의욕적인 출발을 보였던 최원호 감독도 자리에서 밀려났다. 베테랑 김경문 감독이 새롭게 한화이글스를 맡으며 반전의 기미가 보였지만 팀은 이미 힘을 잃은 상태였다.

의욕이 넘치는 열정으로 출발했지만 언제든 차갑게 식어버릴 수도 있는 상황이었다. 그러나 적어도 팬들만큼은 달랐다. 그들의 열정은 변함이 없었다. 한화이글스는 중위권에서 밀려나며 희망을 잃어갔지만, 팬들의 열정은 이기고 지는 것과는 다른 차원의 것이었다. 홈 경기는 어김없이 매진이었다. 기대는 식지 않았으며 8회의 육성 응원은 더욱 우렁찼다. 어쩌면 중요한 것은 열정일지도 모른다. 그리고 열정이 필요하다면 누구에게 필요한 것이었을까?

야구는 승패의 게임이다. 게임에는 이기고 지는 것이 명확하게 나뉜다. 그러나 때로는 이기고 지는 것보다 더 중요한 가치가 작동한다. 누구나 승리를 원하지만, 승리만으로 설명되지 않는 순간이 있다. 각자의 이유와 사정 속에서 승리를 추구하고 우승을 원하기도 한다. 그러나 승리와 우승의 가치를 더욱 높이는 것은 열정이 주는 감동이다. 오늘 이기지 못하더라도 혹은 잘하지 못할 것을 알더라도 다시 찾을 수 있는 것은 열정의 바탕에서다. 패배를 통해 확인한 열정은 승리를 더욱 뜨겁게 한다.

한여름의 절정 8월 중순. 얼마 남지 않은 여름은 시즌의 결말을 어렴풋이 눈치채게 했다. 바로 그때 더욱 열정이 필요한 시점이었다. 열정이 있다면 실패는 밑거름이 되고 패배는 반전이 된다. 열정을 다한 응원은 실망감에 무거워진 선수들의 몸을 다시 일으키고 무뎌진 다리를 다시 움직이게 한다. 우리는 충분히 열정적으로 응원하고 있는가? 그리고 선수들은 충분히 열정적으로 플레이를 하고 있는가? 팬과 선수 어느 한쪽의 일방적인 요구가 아니었다.

한화이글스는 2024년 8월 16일 SSG랜더스와의 경기 이후 10경기에서 8승 2패 8할의 승률을 보여주는 기염을 토했다. 열정을 다해 응원한 팬들에게 선수들은 아직 그들의 열정이 식지 않았다는 것을 보여주었다. 그러나 결국 한화이글스는 2024년 그토록 바라던 가을 야구에 진출하지 못했다. 이로써 한화이글스는 2018년 포스트시즌 진출한 이후 6년 연속 포스트시즌 진출에 실패했다.

때로는 잘하지 못할 수도, 성공하지 못할 수도 있다. 성공과 실패를 통해서 야구가 우리에게 들려주는 진짜 이야기는 따로 있다. 야구는 실패를 통해 성공의 길을 전수한다. 삶 또한 그러하

다. 패배는 결과가 아니라 과정이라는 것을 끊임없이 설명한다. 야구는 패배로 결과를 규정하지 않고 여전히 진행 중인 과정으로 남겨둔다. 그리고 질문한다. 우리는 끝내 열정적이었는가? 그들도 마지막까지 열정적으로 플레이를 했는가? 시즌이 끝나도 야구는 끝나지 않았다.

한화이글스의 오랜 홈구장이었던 대전 한화생명 이글스파크에서의 역사는 2024년 마무리가 됐다. 2025년 한화이글스는 신구장인 대전 한화생명 볼파크에서 새로운 역사를 시작했다. 그 뜨겁던 열정은 새롭게 불이 붙었다. 야구는 늘 그렇게 다시 시작된다.

권성욱의 더 오프닝

한가위 연휴가 시작되는 오늘.

잠실에서는 올 시즌 순위 경쟁의 정점에 서 있는
두 팀이 시즌 최종전을 치릅니다.
오늘 양 팀의 마운드에는
팀의 운명을 짊어진 에이스가 등판합니다.

그 어느 때보다 무거운 부담감.
그리고 그 부담감을 이겨내야 하는
에이스의 책임감이 오늘은 강요됩니다.

그 책임감을 7년간 누려왔던 푸른 눈의 레전드가
뒤늦게 팬들에게 작별의 인사를 나눕니다.

7년의 에이스 시절
그리고 흘러버린 7년의 시간.

오늘 팬들이 기억하는 것은 무엇일까요?

‘용병’을 사전에서는 사적인 이익 추구를 위해 군사 분쟁에 참여하는 사람을 말하며 ‘공식적인 군대의 일원이 아니다’라고 정의하고 있다.

KBO리그에 외국인 선수 제도가 도입된 것은 1998년부터다. 벌써 외국인 제도가 도입된 지 30년이 다 되어가고 있다. 각 팀의 사정에 맞게 자유 계약제로 영입되고 있는 외국인 선수는 전력의 상당 부분을 차지하고 있다. 외국인 선수가 팀 전력의 반을 차지하고 있다고까지 보는 전문가도 있을 정도로 이제 외국인 선수가 차지하는 비중은 꽤 크다. 실제로 전년도 하위권에서 외국인을 잘 뽑아 바로 다음 해에 좋은 성적을 낸 예도 충분히 많이 있다.

외국인 선수 보유는 한때 2명 보유 2명 출전에서 3명 보유 2명 출전으로 변화를 겪은 후 최근에는 3명 보유 3명 출전으로 바뀌었다. 여기에 또 한 차례 외국인 선수 제도의 변화가 있는데 바로 아시아 쿼터제다. 2026년부터는 아시아 쿼터제가 도입되면서 각 팀은 일본, 대만, 호주 국적의 선수를 기존 외국인 선수 3명에 추가로 영입할 수 있게 됐다.

외국인 선수 제도가 도입된 초기만 해도 ‘타이론 우즈’나 ‘펠릭스 호세’와 같은 거포형 외국인 타자를 선호했지만, 최근에는 선발 투수를 더 선호한다. 거포형 외국인 타자는 리그에 적응하는 데 시간이 오래 걸리고 성공의 가능성도 생각보다 크지 않기 때문이다. 그리고 144경기를 치러야 하는 KBO리그에서 아무래도 선발 자원을 많이 보유하고 있는 팀이 좋은 성적을 내는데 좀 더 유리하기 때문이다. 외국인 선수 제도가 도입된 초창기에는 '용병'이라는 표현을 자연스럽게 썼다. 그러나 최근에는 '용병'이라는 말보다는 '외국인 선수'로 통칭하고 있다. 그들을 단순히 돈을 벌기 위해서 거쳐 가는 외부인에서 팀의 일원으로 대하는 쪽으로 시각이 바뀌어 가고 있다. 외국인 선수들도 KBO리그를 단순히 돈을 벌기 위해서 지나가는 곳이 아닌 자신의 커리어를 좀 더 높이기 위해 최선을 다해 플레이해야 하는 곳으로 생각한다. 국내 구단과 선수들 그리고 팬들은 이제 그들을 그저 이방인이 아닌 '우리 팀'의 선수라는 생각으로 대한다. 그리고 외국인 선수에 대한 인식이 바뀌는 데 가장 큰 역할을 한 선수는 두산베어스의 '푸른 눈의 에이스' 더스틴 니퍼트다.

2011년 두산베어스에 영입된 더스틴 니퍼트는 2017년까지 7년간 두산베어스에서 팀의 에이스 역할을 했다. 더스틴 니퍼트는 7년간 두산베어스에서 185경기에 등판해 무려 1115.2이닝을 던졌으며 94승 43패 1홀드 917개의 탈삼진 평균자책점은 3.48을 기록했다. 그리고 2015년, 2016년 한국시리즈에서도 뛰어난 활약을 보이며 두산베어스의 우승을 만들어냈다. 특히 2015년은 부상으로 시즌 성적은 만족스럽지 못했지만, 포스트시즌에서 좋은 활약을 보이며 팀 우승에 보탬이 됐다.

그러나 프로의 세계에 영원한 것은 없다. 더스틴 니퍼트에게도 예외는 아니었다. 2017년 36살의 나이 그리고 지난 6년간 많은 이닝을 던지며 쌓인 피로가 결국 부진으로 이어졌다. 특히 포스트시즌에서의 부진은 더욱 아쉬웠다. 두산베어스의 한국시리즈 우승 실패는 더 큰 아쉬움으로 남았고 결국 재계약은 이루어지지 못했다. 두산베어스와의 7년간의 동행이 이렇게 끝났다. 두산베어스와 재계약에 실패한 더스틴 니퍼트는 선발 자원이 필요했던 신생팀 KT위즈와 계약에 성공했다. 그러나 전성기를 지난 투수의 구위는 예전의 위력이 아니었고 KT위즈의 수비는 두산베어스의 내야진이 아니었다. 그렇게 더스틴 니퍼트의 프로 생활에서의 마지막 팀은 KT위즈가 되는 듯했다. 더스틴 니퍼트의 8년간의 KBO리그 최종 성적은 214경기 1,291.1이닝 102승 51패 1홀드 그리고 1,082개의 탈삼진과 3.59의 평균자책점을 기록했다. 통산 WAR은 33.67(스탯티즈 기준)로 역대 외국인 1위다. 그리고 100승과 1,000탈삼진은 역대 외국인 투수 중 더스틴 니퍼트만이 유일하게 가지고 있는 기록이다.

2024년 9월 14일 토요일. 추석 연휴가 시작되는 잠실야구장에서는 KT위즈와 두산베어스의 경기가 열렸다. 더스틴 니퍼트의 은퇴식이 예정된 경기였다. 더스틴 니퍼트가 두산베어스 유니폼을 벗은 지 7년 만이었다. 그가 두산베어스를 떠난 후 일 년간 몸을 담았던 KT위즈와의 경기를 은퇴식 무대로 선택했다.

그가 은퇴한 후 두산베어스 팬들 사이에서는 더스틴 니퍼트의 은퇴식과 관련한 요구가 많았다. 그러나 여러 가지 사정과 시기의 어긋남이 변명처럼 겹치면서 결국 7년이라는 시간이 흘렀다. 너무 늦었다는 아쉬움도 컸지만, 두산베어스 유니폼을 입고 잠실 야구장의 마운드에 서는 더스틴 니퍼트의 마지막 모습을 본다는 설렘에 팬들은 기꺼이 반겼다.

두산베어스의 팬들이 더스틴 니퍼트를 '니느님'이라고 부르는 것은 그가 가지고 있는 훌륭한 기록 때문만은 아니다. 그가 보여준 팀에 대한 헌신 그리고 팬들에 대한 애정은 그의 가치를 신의 영역으로까지 끌어 올렸다. 그의 뛰어난 워크에식Work ethic과 인성은 그를 팀의 동료들뿐 아니라 팬들에게도 사랑받는 외국인 선수로 만들었다. 더스틴 니퍼트는 타이론 우즈와 함께 역대 외국인 중 유이하게 프로야구 40주년 레전드 올스타에 뽑히는 영광을 누렸다.

더스틴 니퍼트가 떠난 후에도 두산베어스에는 좋은 외국인 투수들이 많이 영입되었고 또 더스틴 니퍼트 못지않은 성적을 남긴 선수도 많이 있다. 그러나 두산베어스 팬들이 더스틴 니퍼트를 두산베어스 구단 역사상 최고의 외국인 선수로 꼽는 것은 숫자 이상의 '존중'을 보였기 때문이다. 대한민국 야구에 대한, 팀에 대한, 팬들에 대한 '존중'이었다. 그리고 팬들은 그를 두산베어스의 레전드로 '존중'한다.

인연은 우연으로 가장하고 스쳐 온다. 그러나 우연을 가볍게 만들지 않은 것은 '존중'이 있었기에 가능했다. 무수히 많은 선택의 갈림길 속 많은 우연들이 스쳐 지나가지만, 인연으로 엮이는 것은 '존중'을 통해서 가능하다. 소중한 인연은 곁에 있는 동안만 빛나는 것이 아니라 서로를 대하는 태도 속에서 빛난다는 것을 외국인 선수 더스틴 니퍼트가 보여줬다.

KBO는 외국인 선수도 은퇴식 특별 엔트리를 통한 선수 등록이 가능하다고 해석했다. 은퇴식 날 더스틴 니퍼트는 두산베어스 소속 선수로 등록되었다. 외국인 선수 은퇴식 1호이자 외국인 특별 엔트리 1호였다.

'선수 생활의 마지막에는 두산베어스의 유니폼을 입고 싶다'
그의 소망은 이루어지게 됐다. 더스틴 니퍼트의 마지막 팀은 두산베어스였다.

시간이 많이 흘렀습니다. 그렇다고 팬들이 잊은 것은 아닙니다. 마지막 인사를 하지 못해 팬들은 가슴 한구석, 마음 한편에는 늘 가시 같은 아쉬움이 박혀있었습니다. 오늘 그 가시 같은 아쉬움을 뽑아냅니다.

7년간의 동행 그리고 7년간의 이별.

오늘로써 이제 팀의 역사 속으로 팬들의 기억 속으로 깊게 들어갑니다. 잘 지냈느냐, 그동안 고마웠다. 이렇게라도 뒤늦게라도 인사할 수 있어서 팬들은 다행입니다. 이제 아쉬움도 없이, 미련도 없이, 추억을 옛정을 함께 공유할 수 있게 됐습니다. 늦었지만 수고 많았습니다.

베어스의 푸른 눈의 에이스.

* 경기 종료 후 더스틴 니퍼트의 은퇴식에서 사용한 글이다. 더스틴 니퍼트를 그리워하던 많은 두산 팬들이 공감해주셨다.

이렇게 우리의 2025년이 시작됩니다.

긴 겨울을 지나 꽃 피는 봄
그리고 야구가 시작하는 이 계절에
우리의 한 해가 비로소 시작됩니다.

새해 첫날의 다짐처럼
우리의 첫날 역시 다짐으로 출발합니다.
올해는 더욱 뜨거울 것이라는
올 시즌은 더욱 가슴 뛸 것이라는 다짐.

영광의 가을을 향한 봄날의 거룩한 첫걸음.
지금 출발합니다.

또 하나의 시즌이 시작됐다. 지난겨울, 각 팀은 각자의 사정에 따라 겨울을 따뜻하게 보낸 팀도 있고 찬 바람을 맞으며 각오를 세우기도 했다. 이제 지난 시즌의 결과가 아닌 지난겨울의 결과를 향해 가야 한다. 누구나 강자이기를 바라지만 모두가 승자일 수는 없다. 누군가는 정상의 자리에서 내려다보고 누군가는 고개를 숙여야 한다. 정상의 자리는 누구에게도 보장되지 않지만, 도전의 기회는 누구에게나 주어진다. 도전의 기회를 잡는 것은 각자의 몫이다. 준비하고 희생한 자만이 그 기회를 잡을 수 있다. 가장 높은 자리에 오르기 위해서는 값비싼 비용이 책정된다.

겨울은 길다. 패배의 쓰라림을 안고 있는 이에게 겨울은 더욱 길고 고통스럽다. 승리의 단맛이 길게 남아있는 이에게 겨울은 꿈결 같을지라도 따사로운 계절을 보장하지는 않는다. 패배의 쓴맛을 새겨넣기에도 승리의 달콤함을 잊기에도 겨울은 충분히 길다. 다짐은 견고하지만 춥고 긴 겨울 앞에 의지는 얼어붙는다. 긴 겨울을 곱씹으며 견디는 자에게 봄의 정령은 이미 눈앞에 와 있다. 겨울이 긴 이유이기도 하다.

한 해의 시작은 1월 1일이다. 누구나 새해가 되면 떠오르는 해를 보며 각오를 새롭게 한다. 오늘 뜨는 해가 어제의 그 해와 다르지 않지만 우리는 새해 첫날 떠오르는 해를 바라보며 희망을 품는다. 누군가는 목표를 세우고 또 다른 이는 꿈을 꾼다. 새해

　　　　　　　　　　　　　　　권성욱의 더 오프닝

어떤 일이 닥쳐올지 아무도 알 수는 없지만, 우리는 밝은 미래를 그리며 새해 첫날을 보낸다. 비록 그 희망이 사흘 만에 무너지더라도 누구나 출발은 경쾌하다.

우리에게 새해 첫날은 야구가 개막하는 날이다. 우리의 한 해는 12개월이 아니라 야구가 있는 8개월이다. 대지가 얼어붙은 겨울이 아니라 꽃피고 얼음이 녹는 봄이 한 해의 시작이다. 야구가 개막하는 날, 우리는 새해 첫날과 마찬가지로 각오를 세우고 목표를 제시한다. 그리고 다짐을 새롭게 한다. 신앙고백은 신에게 하는 말이 아니라 자신의 믿음을 스스로 확인하는 절차이듯 '올해는 더 나아질 것'이라는, '이번만큼은 다를 것'이라는 고백은 믿음이 간절한 팬들에게 들려주는 다짐이다. 첫날의 약속은 지키지 못할 위안의 말이다. 그것을 너무나 잘 알고 있지만, 새해의 출발이기에 우리는 관대함을 보인다.

2025년 역시 꿈과 희망 그리고 관대함으로 출발을 알렸다. 이번에도 늘 그렇듯 10개 팀 모두 목표는 원대했으며 계획은 알찼다. 모든 준비는 완벽했다고 확신했으며 지난겨울 흘린 우리의 땀이 가장 굵었다고 믿어 의심하지 않았다. 지난 시즌 좋은 성적을 낸 팀은 올해도 다르지 않을 거라고 낙관했으며 도약을 노리는 팀은 작년과 다를 것이라는 믿음이 있었다. 팬들도 다르지 않았다. 한 시즌을 통틀어 관대함이 가장 넓고 깊을 때가 이때다.

길지 않을 희망을 품었고 본 적 없는 믿음이 생겨났다. 야구가 종교와 비교되는 지점이다. 본 적 없는 것을 믿는 힘, 그것이 야구이고 종교이다.

2025년 시즌을 시작하면서 야구팬들이 가장 기대했던 것은 '엘롯기'의 포스트시즌 동반 진출이었다. 충분히 가져볼 만한 기대였다. 오랜 기간 부침을 겪었던 LG트윈스는 2020년대 가장 안정적인 전력을 유지해 온 팀이었다. 2019년 이후 매년 포스트시즌 진출에 성공한 유일한 팀이었다. 2023년 한국시리즈 챔피언에 오른 LG트윈스는 2025년에도 역시 강력한 우승 후보였다.

기아타이거즈는 디펜딩 챔피언이었다. 2024년 한국시리즈 우승팀 기아타이거즈는 특별한 전력 누수가 없어 2025년 역시도 우승에 근접한 것으로 평가받았다. 모든 전문가는 기아타이거즈가 또다시 우승할 것이라는 전망에 이견이 없었다.

롯데자이언츠는 2017년 이후 7년간 포스트시즌 진출 경험이 없었다. 그러나 2024년 롯데자이언츠를 맡은 김태형 감독은 부임 이후 기반을 다졌고, 2025년에는 마침내 노력의 결실이 꽃필 것으로 내다봤다.

‘엘롯기’는 LG트윈스, 롯데자이언츠, 기아타이거즈 이 세 팀을 일컫는 말이다. 역사가 오래된 팀이기도 하면서 인기가 많은 팀이기도 하다. 서울과 부산, 광주를 연고로 하는 빅마켓을 거느리고 있다. 1990년대 말부터 2010년대 말까지 세 팀이 성적에 부침을 겪으면서 ‘엘,롯,기’라는 말이 생겨났다. 인기가 많다고 자부하지만, 성적이 나지 않는 것을 조롱하는 의미이기도 했다. 프로야구가 생긴 이래 아직도 이 세 팀이 동시에 포스트시즌에 진출하지는 못했다. 세 팀 중 두 팀이 올라간 적은 있지만 세 팀이 동시에 올라간 해는 없었다. 만약 세 팀이 포스트시즌에 동반 진출한다면 흥행 면에서 엄청난 폭발력을 가지고 있지만, 아직 KBO리그는 그런 호사를 누리지는 못했다.

2025년 LG트윈스, 롯데자이언츠, 기아타이거즈 그들의 동맹은 다시 현실이 될까? 아니면 각자 그들만의 왕조를 건설할까? KBO리그는 그들이 동시에 가을을 맞이하는 호사를 맛볼 수 있을까?

한화이글스의 보살 팬들은 실망이라는 단어를 마음속에서 지운 지 오래다. 8회에 울려 퍼지는 육성 응원은 여전히 우렁차다. 그러나 간간이 슬픔과 분노가 느껴진다. 부처님은 분노를 침묵으로 삭이라 하셨다.

시즌 개막 전 언론간담회에서 LG트윈스의 염경엽 감독은 NC 다이노스를 처음 맡은 이호준 감독에게 현실적인 조언을 건넸다. '모든 것이 계획한 대로 되지 않을 것이다.' 견제의 의미로 해석되기도 했지만, 한때 동료였던 후배를 향한 진심 어린 조언이었다.

젊은 팀 삼성라이온즈의 정신적 지주는 최고령 선수 강민호다. 홈런의 팀 삼성라이온즈의 가을은 라팍의 담장만큼이나 가깝다.

두산베어스는 시즌 전 4등이나 5등을 하려고 야구를 하는 것이 아니라는 질책을 받았다. 그러나 4등이나 5등도 부러운 팀도 있다는 것을 잊으면 안 된다.

KT위즈는 아직 개막전이다. '강철 매직'이 시작되는 시점이 KT위즈의 시즌 개막이다. 강철 매직은 늘 상상 이상의 것을 보여주었다.

아직도 김성근 감독을 떠올리기에는 20년의 세월이 짧지 않다. 팀명은 이제 랜더스로 바뀌었고 더군다나 김성근 감독은 몬스터스의 감독이다.

그리고, 이정후가 떠난 이후 히어로즈에는 영웅이 없었다.

어김없이 봄은 왔고 우리의 계절은 또 시작됐다. 늘 그래왔듯 약속은 이어진다. 이번에는 다를 것이라고, 이번에는 더 뜨거울 것이라는 약속 같은 위안을 건넨다. 우리도 시작의 공약을 내건다. 더 뜨겁게 응원하겠다고 열정을 잃지 않겠다고 다짐한다.

야구의 첫날 아직 우리 손에 쥐어진 것은 아무것도 없다. 그러나 이미 우리의 마음은 가을에 가 있다. 결과는 멀리 있지만 믿음은 이미 시작되었다.

가을의 영광을 위해 우리는 봄날의 거룩한 첫걸음을 딛는다. 우리가 긴 겨울을 견디고 첫날을 기다린 것은 야구만을 위한 것이 아니다. 다시 시작할 용기를 얻기 위해서다. 첫날의 꿈은 이루어지지 않을지도 모른다. 그러나 꿈을 꾸는 것만으로 우리는 계절을 시작할 힘을 얻는다.

꿈을 꿀 수 있기에 야구를 기다린다.
비록 올해 이루어지지 않더라도
우리는 매년 다시 새로운 꿈을 꿀 수 있다.
봄은 다시 오고 야구는 또 시작된다.

시간이 흐르고 역사 속의 오늘은 어떻게 기억될까요?

과거를 통해 오늘을 설명하고
오늘의 기억은 미래를 완성합니다.
대한민국 좌완左腕의 역사.
역사는 오늘도 굳건히 이어지고 있습니다.

그리고 오늘 잠실의 마운드에서는
베테랑과 에이스라는 두 개의 견장이 빛나는
179승의 대표 좌완과
화려한 첫 출발에 나서는 약관의 좌완이
어깨를 겨룹니다.

동맹의 굴레를 벗어난
진정한 챔피언들의 레전드 매치업.
이제 다시 야구에 집중할 시간입니다.

야구는 기본적으로 왼손잡이에게 호의적인 스포츠다. 먼저 타자를 놓고 본다면 타자는 타격 후에 1루 쪽, 즉 시계 반대 방향으로 출루를 한다. 따라서 좌타석은 우타석에 비해 1루 쪽으로 한 발짝 정도 가까이 자리 잡고 있어 출루에 좀 더 유리한 면이 있다.

한때 초등학교 선수 중에 의도적으로 좌타자를 선택하는 선수도 많이 있었다. 최근에는 의도적인 우투좌타에 반대하는 의견도 많이 나오고 있지만, 기본적으로 좌타자를 선호하는 것은 분명한 사실이다.

좌타자의 반대급부인 좌투수도 마찬가지다. 아무래도 세상에는 오른손잡이가 많다 보니 왼손으로 공을 던지는 선수는 상대에게 '낯섦'이라는 큰 무기를 갖게 되는 것이다. 좌투수와 좌타자의 대결은 '낯섦'과 '낯섦'의 대결이다. 이 '낯섦'의 대결에서도 좀 더 유리한 것은 좌투수다. 좌투수라는 희소성이 더 크기 때문이다. 물론 최근에는 좌투수와 좌타자가 예전에 비해 많이 늘어나다 보니 이 '낯섦'이라는 무기도 많이 무뎌졌다.

대한민국 프로야구에는 대대로 좋은 좌투수가 많았다.

먼저 좌완 투수의 교과서라고 할 수 있는 송진우부터 시작된다. 송진우는 1989년 데뷔해 2009년 43살의 나이로 은퇴할 때까지 21년간 통산 210승과 103개의 세이브를 기록하며 베테랑 투수는 어떻게 생존하고 승부하는지 보여주었다. 구대성은 일본프로야구, 메이저리그까지 경험한 대한민국을 대표하는 좌완 투수였다. 특히 강한 승부욕으로 일본전에서 항상 인상 깊은 장면을 만들어내 '일본킬러'라는 별명을 얻기도 했다.

'야생마' 이상훈 역시도 일본프로야구, 메이저리그를 경험했다. 팀이 필요로 할 때 긴 머리를 휘날리며 마운드를 향해 질주하는 모습은 LG트윈스 팬들이라면 지금 가슴 설레는 장면이다. 메이저리그를 거쳐 돌아온 봉중근, 좌완 100승 투수 유희관, 1,005경기 출장 기록의 정우람까지 좌완 투수 계보는 꾸준히 이어졌다.

그중에서 정점은 역시 대한민국 프로야구의 황금기를 열었던 류, 김, 양. 류현진, 김광현, 양현종 세 명의 선수다. 비슷한 나이대의 세 선수(류현진 87년생, 김광현, 양현종 88년생)는 모두 상위 지명을 받으며 프로 무대에 뛰어들었다. 세 선수 모두 KBO리그에서 시작해 메이저리그를 거친 후 다시 원소속 팀에 복귀해 팀의 레전드로 거듭나고 있다.

2006년 2차 1라운드 2순위로 한화이글스에 지명된 류현진은 데뷔 시즌 프로야구 역사상 최초로 신인왕과 MVP, 골든 글러브를 거머쥐면서 '괴물'이라는 별명을 얻었다. 2006년부터 2012년까지 7시즌 한화이글스에서 활약하며 5번의 탈삼진 1위, 두 번의 골든글러브, 2번의 평균자책점 1위를 기록하며 리그를 휘어잡았다. 이후 메이저리그에 진출해 LA다저스 소속으로 2019년 내셔널리그 평균자책 1위, 내셔널리그 올스타, 내셔널리그 사이영상 2위를 기록했다. 2020년 토론토 블루제이스로 이적한 류현진은 아메리칸리그 사이영상 3위, 최고의 좌완 투수에게 주어지는 '워런 스판 상Warren Spahn Award'을 받기도 했다. 2024년 한화이글스로 복귀를 한 류현진은 한화이글스 돌풍의 주역이 되었다.

김광현은 2007년 SK와이번스의 1차 지명 선수로 프로 생활을 시작했다. 신인 시절 한국시리즈에서 뛰어난 투구를 펼치며 주목받았던 김광현은 2022년까지 4번의 한국시리즈 우승, 2번의 다승왕을 차지했다. 특히 2008년에는 리그 MVP, 한국시리즈 우승, 골든글러브, 다승 1위, 탈삼진 1위까지 거머쥐는 기염을 토했다. 2020년 메이저리그에 진출한 김광현은 세인트루이스 카디널스에서 2년간 10승 7패 2세이브 평균자책점 2.97이라는 좋은 기록을 남기고 KBO리그에 복귀했다. 그리고 SSG랜더스에서 5번째 우승 반지를 끼었다.

양현종은 2007년 기아타이거즈에 2차 1라운드 1순위로 지명된 선수다. 현재 통산 WAR 63.5로 선동열의 뒤를 이어 역대 투수 WAR 2위에 랭크되어 있다(스탯티즈 기준). 2009년, 2017년, 2024년 소속팀 기아타이거즈의 한국시리즈 우승을 이끌었다. 송진우의 뒤를 이어 186승으로 KBO리그 최다승 2위,

2,656.2이닝으로 2위, 2,185개의 탈삼진으로 최다 탈삼진 통산 1위를 기록하고 있다. 양현종 역시도 길지는 않았지만 2021년 메이저리그에 진출해 텍사스 레인저스에서 12경기 5.60의 기록을 남겼다.

류, 김, 양 이 세 선수가 활약했던 시기를 대한민국 프로야구의 황금기라고 부르는 이유는 역시 국제 대회에서의 뛰어난 활약 덕분이다. 류현진과 김광현은 2008년 베이징올림픽 금메달을 비롯해 2009년 WBC까지 함께 했고 2010년 광저우아시안게임에서는 류현진과 양현종 그리고 김광현과 양현종은 2014년 아시안게임, 2015년 프리미어12에서는 김광현이 마운드를 이끌었다. 대한민국 야구의 전성기에 세 선수가 핵심이었다.

2025년 4월 4일 잠실야구장. 이날은 KBO리그 최대의 라이벌이자 최고의 흥행 카드인 기아타이거즈와 LG트윈스가 시즌 첫 대결을 펼치는 날이었다. 당연히 관중석은 매진. 이 빅매치의 선발 투수로 양 팀은 모두 좌완 투수를 예고했다.

기아타이거즈 양현종, LG트윈스 송승기.

통산 179승의 '대투수'와 2022년에 데뷔를 했지만 8경기 출전에 1승도 없이 1패만이 기록된 무명의 투수. 리그 최고의 흥행 카드라고 하기에는 선발 투수의 무게감에서 차이가 컸다.

당연한 듯 기아타이거즈의 우세로 점쳐졌다. 1회 선두 타자 이우성의 안타를 시작으로 기아타이거즈가 2점을 먼저 가져갈 때만 해도 예상에서 크게 벗어나지 않는 듯했다. 그러나 기아타이거즈의 선발 양현종이 1회 말, 2점을 허용하면서 경기의 흐름이 바뀌었다. 양현종은 5회까지 2점을 더 허용했지만, 송승기는 1회 2점을 허용한 이후 5회까지 무실점을 기록하며 승리 투수의 요건을 갖췄다. 기아타이거즈 선발 양현종은 5이닝 동안 78개를 던지며 4자책, LG트윈스의 선발 송승기도 5이닝 87개의 공을 던지며 2자책. 결국, 8대 2로 LG트윈스가 시즌 첫 라이벌전에서 승리를 가져갔다. 그리고 송승기는 데뷔 후 첫 승을 기록했다.

물론 현대 야구에서는 선발 투수의 '승'은 더 이상 절대적인 지표가 아니다. 그러나 3년간 단 1승도 없던 무명의 투수가 라이벌전에서 5이닝을 던지며 팀의 승리를 이끌었다는 것은 분명 그 의미가 크다. 야구는 예상이 깨지는 순간에 가장 야구다워진다.

대한민국 야구는 류, 김, 양이 이끈 황금기를 지난 후 국제무대에서 아쉬운 시간을 보내고 있다. 최근 KBO리그는 천만 관중의 시대로 접어들며 다시 한번 황금기를 꿈꾸고 있지만, 국제 대회에서의 성적은 아직 걱정이 많다. 과거 우리가 일방적으로 '숙명의 라이벌'이라 불렀던 일본은 2008년 베이징올림픽에서 대한민국에 당한 충격에 머물지 않았다. 2020년 도쿄올림픽에서 오타니를 앞세워 전 세계에 일본 야구의 강함을 증명했다. 오타니가

2023년 WBC 결승전 미국 대표팀의 마이크 트라웃을 말도 안 되는 궤적의 스위퍼로 삼진을 잡고 환호하는 모습은 우리가 알던 야구가 아니었다.

2025년 4월 4일 라이벌전에서 첫 승을 기록한 송승기는 2025년 28경기에 출전해서 11승 6패 3.50의 평균자책점 10번의 퀄리티 스타트를 기록했다. 신인왕 후보에 올랐지만 KT위즈 안현민의 불꽃 같은 활약에 신인왕 수상에는 실패했다. 류, 김, 양의 시대 이후 많은 좌투수가 그들의 후계자로 지목되며 마운드에 올랐다. 송승기 역시 후계자로서의 가능성을 보였다.

오타니 쇼헤이가 2023년 WBC 미국과의 결승전을 앞두고 동료들에게 한 연설은 일본인의 피가 단 한 방울도 섞이지 않은 나조차도 가슴을 뛰게 만들었다.

'동경하지 맙시다. 동경만으로는 그들을 넘을 수 없습니다'

우리는 언제쯤 그들을 동경하지 않아도 될까?

4월 4일 첫 승을 기록한 무명의 좌완은 우리가 가지고 있는 질문의 답이 될 수 있을까? 아무도 눈치채지 못했던 공 하나, 하나의 이닝, 첫 승에서 어쩌면 질문의 답이 시작되고 있는지도 모른다.

대투수의 모자 깊숙한 곳에 새겨진
그리고 국대 3루수였던
베테랑의 모자에 쓰여진 DH.

그들은 아직 친구를 기억하고 있습니다.

누구보다 뛰어난 재능이었지만
결국 바람이 된 젊은 유망주.
친구가 떠난 지 10년이 넘었지만
그들만의 방식으로 떠난 친구를 기억합니다.

피우지 못했다고 꽃이 아닌 것은 아닙니다.
싸늘함만이 남아있는 승부의 시대
그러나 뜨거운 낭만이 살아있는 그라운드.

오늘도 그라운드에 천 개의 바람이 불어옵니다.

야구를 보다가 선수들의 모자에 쓰인 숫자나 이니셜의 의미를 궁금해하는 분들이 있다. 어떤 날에는 숫자가 하나도 없다가 또 어떤 날에는 서너 개의 숫자가 쓰여있기도 하다며 그 의미가 뭐냐고 궁금해한다. 의미는 간단하다. 부상으로 함께하지 못하는 동료, 혹은 개인적으로 잊고 싶지 않은 선수의 등번호나 이니셜이다. 지금은 같이 뛰지 못하지만, 마음만은 항상 함께하겠다는 의미이다.

'대투수'양현종과 베테랑 3루수 황재균의 모자에는 DH라는 영문 이니셜이 쓰여있다. 이제는 많이 알려졌지만, 한때는 그 의미를 몰라 여러 추측이 있었다. 'DH'는 두산베어스 그리고 기아타이거즈에서 활약했던 선수 이두환의 이니셜이다. 이두환은 2012년 세상을 떠났다.

양현종, 황재균의 모자에 쓰여있는 DH의 의미를 주제로 오프닝을 쓰기로 마음먹은 것은 꽤 오래전이었다. 그러나 양현종과 황재균 두 선수가 속한 팀이 맞대결하고, 그 경기에 양현종이 선발로 등판하며, 또 그 경기를 KBSN이 중계하고, 여기에 내가 캐스터로 마이크를 잡는 것까지 이 모든 것이 맞아떨어지기란 그리 간단한 일이 아니었다.

마침내 2025년 4월 17일 그 기회가 왔다. 그러나 한 가지 문제

　　　　　　　　　　　　　　권성욱의 더 오프닝

가 있었다. 양현종이 얼마 전부터 모자 앞에 더 이상 DH를 쓰지 않고 경기에 나서고 있었다. 10년을 이어왔는데 이유가 뭘까? 어쩔 수 없이 평소 양현종과 친분이 있는 '장스나'장성호 위원을 통해 그 이유를 물어보기로 했다.

양현종은 친구가 떠난 지 10년이 넘은 지금, 이제는 보내줄 때가 되었다는 마음으로 모자 앞이 아닌 보이지 않는 안쪽에 DH를 새기고 경기에 나선다고 했다. 잊은 것이 아니라 친구를 기억하는 방식이 달라졌을 뿐이었다.

'故 이두환'은 장충고를 졸업하고 2007년 드래프트에서 2차 2라운드 전체 10번째로 두산베어스에 지명된 거포 유망주였다. 두산베어스 팬들 사이에서는 팀의 상징이었던 김동주의 뒤를 이을 차세대 4번 타자로 이두환을 꼽을 만큼 기대가 컸다. 그러나 잦은 부상으로 두산베어스에서는 기대만큼의 성적을 거두지 못하고 2011년 11월 기아타이거즈로 이적하게 되었다.

이적한 지 얼마 되지 않은 2012년 1월 이두환이 '대퇴골두육종'진단을 받고 치료 중이라는 소식이 전해졌다. 뼈에 암이 생긴 것이다. 수술 후에 상태가 좋아져 복귀할 수 있을 것이라는 희망도 있었지만 때로는 희망이 더 잔인했다. 수술 후 이두환은 증상이 악화하여 다리 절단 수술까지 받게 되었다. 더는 야구를 할 수 없다는 의미였다. 안타까워하던 양현종과 황재균을 비롯한 친구, 동기들은 2012년 12월 21일 자선 경기를 열기로 하고 힘든 싸움을 하고 있는 친구에게 팬들과 함께 힘이 되어주기로 했다. 그러나 그날 쏟아져 내린 눈으로 결국 자선 경기는 열리지 못했다.

그날.

많은 눈이 내려 세상이 순백으로 바뀐 그날, 친구들과 팬들이 마음을 모은 그날. 이두환은 세상을 떠났다. 24살 젊은 나이였다.

베테랑 3루수 황재균과 故 이두환은 이수중학교 야구부 한 살 차이 선후배 사이였다. 황재균은 이두환과 학창 시절부터 돈독한 사이였다. 황재균은 야구를 하는 마지막 날까지 후배 이두환을 잊지 않고 늘 마음속에 함께하겠다고 했다.

'대투수'양현종과 故 이두환의 인연은 2006년 봄 대통령 배 전국 고교야구 대회 결승전으로 거슬러 올라간다. 당시 대통령 배 결승전에서는 장충고등학교와 광주 동성고등학교가 맞붙었다. 양 팀의 선발은 장충고등학교 전진호 그리고 광주 동성고등학교의 에이스 양현종이었다. 선취점을 낸 것은 장충고등학교였다. 먼저 한 점을 앞서 나가던 장충고등학교가 6회까지 호투를 펼치던 선발 전진호를 내리고 선택한 것은 장충고등학교의 에이스 이용찬. 이용찬은 이틀 전 전남 화순고등학교와의 준결승전에서 11이닝

　　　　　　　　　　　　　　권성욱의 더 오프닝

동안 158개를 던지며 완투한 뒤 하루를 쉬고 다시 마운드에 올랐다.

그리고 이어진 훗날 대한민국 프로야구를 이끌 두 투수의 팽팽한 투수전. 장충고등학교의 한 점 차 불안한 리드. 8회까지 호투를 펼치던 양현종으로부터 결정적인 홈런을 때려낸 선수는 바로 장충고등학교의 4번 타자 이두환이었다. 이 홈런으로 결국, 양현종은 마운드에서 내려가고 장충고등학교는 대통령 배 첫 우승의 영광을 가져갔다.(이 결승전을 중계 방송한 것은 KBSN이었고 해설은 이용철 위원, 중계 캐스터는 훗날 두 선수 간의 이야기를 전하게 될 나였다.)

두 선수의 인연이 이어진 것은 2006년 쿠바에서 열린 세계 청소년 야구선수권에서였다. 한국프로야구를 이끈 선수 중에는 88년생들이 꽤 있다. 흔히 '88둥이'라고도 하는 양현종, 이용찬, 이두환 외에 김광현, 김선빈 그리고 지금은 은퇴한 이재곤 등이다.

결승에서 미국 꺾고 대회 우승을 차지한 대한민국 청소년 대회 팀의 주축 선수가 바로 88년생 선수들이었다. 이 대회에서 이두환은 양현종이 선발로 나온 캐나다와의 준결승에서 동점 투런홈런을 때려내 양현종에게 승리투수를 안겨주었다. 이두환은 대회 올스타 1루수로 선정되었다. 양현종은 타이거즈가 통산 10번째 한국시리즈 우승을 차지한 2017년 시즌 MVP와 생애 첫 골든글러브를 받는 자리에서 친구를 떠올렸다.

'하늘에 있는 내 친구 두환이에게 영광을 돌립니다'

승부의 세계는 냉정하다. 아니 냉정해야 하는 것이 승부의 세계이다. 그러나 그 냉정한 세계에 몸을 담고 있는 그들도 결국은 따뜻한 피가 흐르는 사람이다. 때로는 승리를 위해 모든 것을 다 걸고 이기는 것 외에는 관심이 없어 보이지만 결국 야구장도 사람이 서 있는 곳이다. 치열하고 차가운 세계에 살고 있지만, 그들 또한 사람의 피가 뜨겁다는 것을 잊지 않고 있다. 우리가 야구에서 낭만을 느낀다면 아마 그 때문일 것이다.

故 이두환은 비록 활짝 피우지는 못했지만 꽃이었다. 그를 꽃으로 피어나게 한 것은 그를 잊지 않고 있는 친구들이다. 그리고 바람이 되었다. 잘 알려진 추모곡 '천 개의 바람이 되어'의 가사다.

나의 무덤 앞에서 울지 말아요.
나는 그곳에 없어요.
나는 익은 곡식 위의 햇빛이에요.
나는 부드러운 가을비예요.
나는 천 개의 바람이 되었죠.

먼저 간 가족을 위해 멀리 떠나간 친구를 위해 울지 않아도 된다. 그들은 햇빛이 되어 가을비가 되어, 그리고 천 개의 바람이 되어 우리 곁에 머문다. 무더운 여름 지쳐 주저앉아 있을 때 어디선가 바람이 불어와 땀을 식혀 준다면 그건 먼저 간 이들이 우리에게 건네는 위로일 것이다.

양현종과 황재균의 대결이 펼쳐진 그날에도 그라운드에는 바람이 불어왔다. 친구가 함께하고 있었다.

* 이 글은 쓸 즈음에 황재균은 은퇴를 선언했다.
  황재균은 약속대로 선수 생활의 마지막까지 이두환과 함께했다.

한국프로야구 역사상
왕조라 부를 수 있는 팀은 많지 않습니다.
타이거즈와 함께 프로야구 역사에
뚜렷하게 빛나는 이름 유니콘스.

오늘 랜더스필드에는 왕조의 번성을 일군
잊지 못할 이름들이 모입니다.
왕조의 캡틴과 국민 유격수.
왕조의 DNA를 뼛속까지 새겨넣은 두 감독.

그리고 그들을 바라보는 전설의 대도까지.
이젠 프로야구의 유니콘이 되었습니다.

유니콘스 영혼의 고향 인천.
인천야구의 영혼만을 이어받은
수원 홈 보이들의 매치업

지금 시작합니다.

40년이 넘는 KBO리그에서 가장 유니크하면서 강렬한 인상을 남긴 팀은 어디였을까? 현대유니콘스가 KBO리그에 존재했던 기간은 생각보다 길지 않다. 현대유니콘스가 1군 무대에서 활약한 기간은 1996년부터 2006년까지 12년이다. 12년이라는 짧은 기간 동안 현대유니콘스가 남긴 기록은 프로야구 역사에서 그 어떤 구단보다 뚜렷하다. 12번의 시즌 중 8번의 포스트시즌 진출에 성공했고 그 가운데 5번의 한국시리즈 진출에 성공했다. 그리고 4번의 한국시리즈 우승을 기록했다. 단 12년 만에 이루어 낸 결과다.

현대유니콘스가 창출해 낸 훌륭한 결과 뒤에는 좋은 선수들이 팀을 받치고 있었다. 2000년 우승 당시 배출한 정민태, 임선동, 김수경 등 세 명의 18승 투수는 현대유니콘스 선발 투수의 상징이다. 여기에 정명원, 장원삼, 조용준을 더하면 한국프로야구 투수의 계보가 그려진다. '짠물 피칭'이라고 불렸던 것은 단지 연고가 인천이기 때문만은 아니었다.

현대유니콘스는 포수왕국이기도 했다. 박경완과 김동수로 대표되는 포수진은 명투수의 산실 현대유니콘스를 완성시켰다. 박진만 박종호로 이어지는 내야 키스턴 콤비keystone combination는 역대 그 어떤 키스턴 콤비와도 비교를 허락하지 않는다. 캡틴 이숭용, 도루왕이자 리드오프의 교과서였던 전준호. 30-30의 창시자 박재홍, 홈런타자 심정수 등 현대유니콘스를 빛낸 선수들은

권성욱의 더 오프닝

곧 한국프로야구의 대표 선수들이었다.

현대유니콘스를 빛낸 수많은 스타플레이어가 있었지만, 현대유니콘스의 색깔은 김재박 감독이 만들어 낸 것이었다. 1996년 현대유니콘스는 창단 첫 감독으로 명 유격수 출신의 김재박 감독을 선임했다. 김재박 감독은 창단 첫해부터 팀을 한국시리즈로 이끌며 지도력을 인정받았다. 특유의 섬세한 작전과 투구 교체로 팀을 이끌었고 팀 내 무수히 많은 스타플레이어들을 압도하는 카리스마까지 보여줬다. 김재박 감독은 11년간 현대유니콘스를 이끌며 1998년 첫 한국시리즈 우승 이후 2000년, 2003년, 2004년 총 네 번의 우승을 만들어냈다.

눈부신 현대유니콘스의 성과에 '유니크'하다는 낯선 표현을 쓴 것은, 성적에 걸맞지 않은 인기 때문이다. 12년간 8번의 포스트시즌 진출 5번의 한국시리즈 출전 그리고 4번의 한국시리즈 우승까지 성적은 완벽한 명문 구단이었지만 흥행 면에서는 철저하게 비인기 구단이었다. 성적은 늘 상위권이었지만 관중 동원은 항상 하위권이었다. 정규 시즌은 물론이고 한국시리즈에서조차 관중석은 늘 빈자리가 먼저 눈에 띄었다.

원인은 간단했다. 일부에서는 국내 최고의 선수를 모아놓고 번트를 수시로 대는 김재박 감독의 야구가 재미없었다고 지적하는 팬도 있다. 그러나 그건 부수적인 문제였다. 진짜 원인은 연고지 정책의 실패 때문이었다.

현대유니콘스의 혈통은 인천에서 시작된다. 원년 삼미슈퍼스타즈에서 청보핀토스로 그리고 태평양돌핀스로 이어진 인천야구. 현대유니콘스는 태평양돌핀스를 인수하면서 프로야구에 뛰어들었다. 인수 초기만 하더라도 현대유니콘스는 인천야구의 전통을 이어가며 어느 정도의 인기를 유지할 수 있었다. 더군다나 3년 만에 한국시리즈 우승을 하며 흥행의 가능성까지도 보였다.

그러나 2000년 현대유니콘스는 인천을 떠나 서울에 입성하겠다고 선언했고 서울에 가기 위한 임시 거처로 수원을 선택했다. 원년부터 프로야구팀을 보유했던 인천은 버림을 받았고 수원은 서울을 가기 위해 잠시 머무는 곳으로 인식되었다. 인천도 수원도 현대유니콘스를 응원할 수 없었다. 아니 모두가 분노했다. 인천 팬들은 뼈저린 배신을 맛보았고 서울의 보조구장쯤으로 보는 시각에 수원도 기분 좋을 리가 없었다. 선수들은 졸지에 인천을 등지게 돼 버렸다.

2025년 5월 1일 인천SSG랜더스필드에서 펼쳐지는 삼성라이온즈와 SSG랜더스의 대결. 양 팀의 감독은 박진만과 이숭용이다. 두 감독 모두 지금은 사라진 현대유니콘스의 유산들이다. 이제는 세월이 흘러 두 감독 모두 현대유니콘스라는 접점을 이어 붙이기는 어려워졌다. 그러나 두 감독이 현대유니콘스 전성기의 정점에 있던 선수들이었다는 것을 부정할 수는 없다. 비록 인천을 떠나 먼 길을 갔지만, 그들은 그들이었다. 인천을 떠났지만 결국 인천으로 돌아온 인천의 야구인들이었다.

이숭용 감독은 서울 중앙고등학교를 졸업하고 경희대학교를 거쳐 1994년 태평양돌핀스에 2차 1라운드 전체 1번으로 입단했다. 프로 생활의 첫 출발지가 인천이었다. 프로 18년 동안 통산 2할 8푼 1리 OPS 0.790을 기록했다. 큰 기복 없이 꾸준히 잘하는 선수로 평가받았다. 무엇보다 높은 평가를 받은 것은 팀의 스타플레이어들을 아우르는 카리스마와 리더십이었다. 캡틴이라는 별명은 늘 이름 앞에 붙어 있었다.

2007년 재창단된 히어로즈에서 계속 선수 생활을 이어가던 이숭용은 2011년 계속 몸담던 팀이라고 부르기에도 어색한 히어로즈에서 선수 생활을 마쳤다. 그리고 2023년 11월 인천SSG랜더스의 감독으로 선임됐다. 2000년 자신의 의지와 상관없이 인천을 떠난 지 24년 만에 이숭용의 첫 홈인 인천으로 돌아왔다.

인천고등학교를 졸업하고 현대유니콘스에 1996년 고졸 우선지명된 박진만은 입단 전부터 대형 유격수로 주목받았다. 박진만은 명 유격수 김재박 감독의 후계자였다. 김재박 감독으로부터 물려받은 등번호 7번은 지금도 대한민국 유격수를 상징하는 숫자다. 현대유니콘스의 네 번의 한국시리즈 우승을 함께한 박진만은 2004년 FA로 삼성라이온즈에 이적했다. 당시 삼성라이온즈는 현대유니콘스가 가지고 있는 왕조의 DNA를 이식 중이었다. 삼성라이온즈는 박진만과 키스턴 콤비를 이루었던 박종호를 이미 영입했고 박진만에 심정수까지 영입했다. 왕조의 DNA는 삼성라이온즈에 완벽하게 이식이 됐다. 삼성라이온즈에서 두 번의 한국시리즈 우승을 더 맛본 박진만은 2010년 삼성라이온즈를 떠나 고향인 인천으로 향한다. 당시 인천의 연고 팀이었던 SK와이번스에서 다섯 번의 시즌을 보낸 뒤 대한민국 유격수 자리를 떠났다.

두 감독 모두 고향 혹은 홈인 인천에서 시작해 마지막까지 인천으로 돌아가기를 원했다. 두 감독의 대결이 2025년 5월 1일이 처음은 아니었다. 그러나 그날 유독 인천에서 대결하는 현대유니콘스 출신 두 감독이 눈에 들어왔다. 이 오프닝이 공개된 이후 팬들의 반응은 약간 나뉘었다. 인천과 인연이 깊은 두 감독의 서사가 흥미로웠다는 반응과 현대유니콘스를 인천야구의 역사로 보는 시각을 불쾌하게 생각하는 의견도 많았다. 이 오프닝을 쓰면서부터 우려했던 반응이었다. 인천 팬들의 마음을 잘 알고 있었기 때문이다.

그러나 인천을 버리고 떠난 것은 현대유니콘스 구단이었다. 현대유니콘스 소속의 선수들이 결정한 것은 아니었다. 오프닝에서 '인천야구의 영혼만을'이라고 강조했던 이유도 그 때문이다. 비록 현대유니콘스는 인천을 떠나 수원으로 갔지만, 선수들의 영혼은 여전히 인천에 뿌리를 두고 있었다. 그렇기에 마지막까지 인천으로 돌아오기를 원했던 두 감독의 만남이 그들의 서사 속에서 색다르게 느껴졌다.

야구의 역사와 서사는 어디에서 오는 걸까? 구단은 떠났지만, 선수들의 영혼은 인천야구를 지켰다고 믿는다. 현대유니콘스라는 이름은 사라졌지만, 그 이름이 새겨진 유산은 아직 남아있다. 이제 프로야구의 유니콘이 된 이름들. 2025년 5월의 첫날 랜더스필드에 선 두 감독의 뒤로 유니콘스의 잔상이 어렴풋했다. 전설 속의 플레이어들은 기억 너머 가슴 속에 숨겨져 있다. 선명하지는 않지만, 기억 속 깊숙한 곳에 자리 잡은 영혼들. 유독 그날만큼은 아련하게 다가왔다.

* 지난 시즌이 끝난 후 롯데자이언츠의 정훈이 은퇴를 선언했다. 그리고 얼마 후 KT위즈의 황재균도 은퇴했다. 두 선수 모두 현대유니콘스에서 프로 생활을 시작했다. 이제 현대유니콘스 출신 현역 선수는 LG트윈스로 이적한 장시환이 유일하다.

가톨릭관동대학교
CKU
국제
VER UM

야구의 궁극적인 목표는
집으로 돌아가는 것입니다.

먼 길을 돌아 집주인의 퉁명스럽고
의례적인 인사말이 있을지언정
반겨주는 단 한 사람이 있다면
기꺼이 집으로 돌아갑니다.

가는 길이 낯설고 걸음이 가볍지만은 않지만
기어코 집으로 돌아가야 합니다.

집으로 가는 길,
치열한 중위권 경쟁의 고비가 남아있습니다.
누군가에게는 달콤한
또 다른 누군가에게는 편치만은 않은 홈.

**야구는 집으로 돌아가야
마침내 그 의미를 갖습니다.**

야구라는 스포츠는 점수를 내는 방식이 여느 스포츠와는 사뭇 다른 점이 있다. 대부분 스포츠가 공이 특정 공간으로 들어가야 점수로 인정되는 반면에 야구는 사람이 안전하게 홈으로 들어가야 점수로 인정된다. 아무리 안타를 많이 치고 2루타 3루타를 쳐내도 누상에 나간 주자가 결국 홈 베이스를 밟아야 점수가 된다.

야구가 인생과 비견되는 여러 가지 이유가 있지만 결국 집으로 돌아가야 한다는 것이 어쩌면 우리 인생과 가장 맞닿아 있는 부분이 아닐까?

2025년 3월 29일은 한국프로야구 역사상 가장 슬프고도 충격적인 날이었다.

팬들에게 꿈과 희망 그리고 즐거움을 주기 위해 존재하는 프로야구. 그 프로야구가 펼쳐지는 경기장에서 구조물 추락에 의한 팬 사망 사고가 발생한 것이다. 안전하다고 여겨졌던 야구장에서 발생한 사망 사고이기 때문에 야구계는 물론이고 팬들도 충격이 컸다. 가장 즐거워야 할 곳에서 가장 슬픈 일이 발생한 것이다.

이 사고로 3월 30일 예정된 LG트윈스와 NC다이노스의 3차전은 추후 연기되었고 이후 예정된 NC다이노스의 홈 3연전 또한, 추후 일정으로 연기가 되었다. KBO는 4월 1일부터 3일까지 애

　　　　　　　　　　　　　　　　권성욱의 더 오프닝

도 기간을 정하고 경기 일정을 전면 조정해 4월 1일은 KBO리그 및 퓨처스 경기를 모두 진행하지 않기로 했다.

NC다이노스는 가장 큰 자산인 팬을 잃었고 구단의 이미지와 신뢰도에 심각한 타격을 받았다. 더 나아가 NC다이노스를 넘어 프로야구 전체에 가족과 함께 즐기는 공간인 야구장은 과연 안전한 곳인가라는 불안감이 퍼졌다. 더욱 안타까운 것은 이 사고 이후 책임의 소재를 두고 NC다이노스와 창원시 시설공단 사이에 갈등과 공방이 이어졌다는 것이다. 핵심 쟁점 사항은 누가 구장의 시설 유지 관리 책임을 갖고 있냐는 것이다. 창원시는 주요 구조물 안전 점검을 했지만, 문제가 된 부착물은 점검 대상이 아니었다고 해명했다. NC다이노스는 구단에는 운영 권리만 있고 주요 시설물 보수는 시설관리 공단에서 맡기로 했다는 서로 다른 태도를 보였다. 서로 다른 입장 속에서 감정의 벽은 높고 길어져만 갔고 정작 팬을 잃은 슬픔과 야구는 점점 다른 이야기가 되어가고 있었다.

사고 직후 NC다이노스의 홈구장인 창원 NC파크는 전면 폐쇄되었다. 따라서 창원 NC파크를 홈으로 사용하는 NC다이노스는 6월 중순까지 사고 발생 후 2달 가까이 홈구장을 쓰지 못하고 원정을 다녀야만 했다.

5월 17일부터 임시 홈구장인 울산 문수구장에서 3연전을 가졌지만, 선수단은 호텔에서 지내며 경기를 치러 실질적으로는 원정 경기의 일정을 소화한 것과 다르지 않았다. 사고의 시시비비를 따지는 것과는 별도로 NC다이노스 야구단은 집으로 가지 못하고 먼 길을 떠나야 하는 떠돌이 신세가 된 것이다.

NC다이노스가 홈으로 돌아가지 못하고 원정을 다닌 기간은 정확히 2025년 4월 4일부터 5월 29일까지 56일이다. 이 기간에 NC다이노스는 20승 22패 3무를 기록했다. 흥미로운 것은 월별 승률이다. 4월은 사고에 따른 충격의 여파인지 7승 13패로 전체 10개 구단 가운데 9위에 해당하는 승률을 기록했지만, 5월에는 13승 9패 3무로 전체 2위를 달렸다. NC다이노스는 어려운 주변 여건 가운데에서도 중위권 경쟁을 이어가며 선전하고 있었다. 힘든 원정길 속에서 선수들은 무언가를 위해 힘을 냈다.

이 오프닝은 NC다이노스가 56일간의 긴 원정을 끝내고 홈으로 돌아가기 직전인 5월 27일에 쓴 것이다. 인천 SSG랜더스필드에서 SSG랜더스와의 주중 3연전을 시작하는 일정이었다.

홈에서 불의의 사고로 팬을 잃었고 그 사고로 두 달에 가까운 방랑 생활, 게다가 창원시에 대한 섭섭함은 오랜 체증처럼 답답하기만 했다. 집으로 돌아가는 길이 편하지만은 않았을 것이다.

　　　　　　　　　　　　　권성욱의 더 오프닝

그러나 그럼에도 불구하고 집으로 돌아가야 했다. 그곳이 홈이고 집이자 반겨주는 팬과 가족이 있기 때문이다.

5월 30일 56일 만에 집으로 돌아온 NC다이노스는 홈인 창원 NC파크에서 한화이글스와 주말 3연전을 가졌다. 두 달여 만에 가진 홈 복귀 3연전. 이 기간에 평균 1만 5천 명의 팬들이 창원 NC파크를 찾아와 오랜 기간 먼 길을 돌고 돌아온 NC다이노스를 팬들은 뜨겁게 맞아 주었다. 팬들도 홈으로 돌아오지 못하는 그들을 누구보다 기다리고 있었다. 슬픔이 있었고 아픔이 있었지만, 팬들은 NC다이노스를 기다려준 가족이었다.

야구의 궁극적인 목표는 집으로 돌아가는 것이다. 홈플레이트는 마지막 종착지가 아니라 모든 여정을 끌어안는 곳이다. 타자는 배트를 던지고 장갑을 여미며 홈을 향해 달린다. 때로는 숨이 턱 밑까지 차올라도 결국 돌아가야 할 곳이기에 멈추지 않는다.

실패의 기억이 발목을 붙들고 패배의 침묵이 요란스러운 날도 있지만 그럼에도 불구하고 반겨주는 단 한 사람이 있다면 우리는 기꺼이 홈을 향해 몸을 던진다. 속도는 중요하지 않다. 잊지 말아야 하는 것은 방향이다. 어디로 돌아가야 하는지를 잊지 않는 것. 결국, 홈을 향해 나아가는 것.

'나는 지금 집으로 가고 있는가?'

새벽 찬 공기를 들이마시며 집을 나서는 이유는 결국 집으로 돌아가기 위해서다.

오늘 내가 가는 곳이 1루일지 2루일지 혹은 2루와 3루 그 어디쯤일지 모르지만, 결국은 집으로 돌아가야 한다.

집으로 돌아가야만 비로소 의미가 완성된다. 그곳에 나를 기다리는 가족이 있기 때문이다. 내가 집을 떠나온 이유도 다시 집으로 돌아가는 이유도 가족이다.

집으로 돌아가기 위해 오늘도 우리는 달린다.

　　　　　　　　　권성욱의 더 오프닝

The Opening

권성욱의 더 오프닝

CHANGWON NC PARK
HOME OF THE
CHANGWON
NC
DINOS
EST. 2011

10년간 9번 포스트시즌에 진출한 팀.
5명의 메이저리거를 배출한 팀.
그리고 기회의 팀.
이 모든 것들이 히어로즈라는 자부심이었습니다.

지금 영웅은 어디로 가고 있는 걸까요?

영광을 위한 과정이라고는 합니다만
현실은 고난입니다.
2할대의 승률.
베테랑은 존재감을 잃었고
루키들의 성장은 더딥니다.

고군분투 주장의 눈물은 변화를 위한 메세지.
과연 영웅은 반만년 우뚝 설
샛별이 될 수 있을까요?

오늘은 대한민국을 위해 희생한
진정한 영웅들을 기리는 날입니다.

3루

10연패를 탈출한 날 주장 송성문은 눈물을 흘리며 인터뷰를 했다. 팀의 주장은 10연패의 기간 동안 누구보다 힘들었지만, 많이 속상했을 팬들을 더 걱정했다. 그리고 승리의 기쁨보다는 죄송하다는 인사가 먼저였다. 주장의 눈물은 단지 한 경기의 승리 때문이 아니라 팀이 어디로 가고 있는지에 대한 불안 때문이었는지도 모른다. 히어로즈는 깨어날 수 있을까?

6월 6일 LG트윈스와의 현충일 맞대결. LG는 항상 부담스러운 승부를 만들어내는 상대였다. 양 팀의 선발은 요니 치리노스와 케니 로젠버그, 외국인 투수 간의 대결이었다. 선취점을 가져간 것은 LG트윈스였다. 4회 문보경의 3루타 그리고 박동원이 문보경을 홈으로 불러들이며 LG가 먼저 앞서 나갔다. 8회까지 이어진 1:0 한 점 차 승부. 히어로즈는 8회 말 이주형이 김진성을 상대로 솔로홈런을 때려내면서 결국 승부는 연장으로 접어들었다.

연장 10회 초, 히어로즈의 불펜 투수 조영건은 LG의 외국인 타자 오스틴 딘이 친 강한 공에 오른쪽 발목을 맞아 교체가 필요한 상황. 그러나 이날 히어로즈의 불펜 상황은 녹록지 않았다. 화면에 잡힌 조영건은 테이핑하며 교체가 되는 듯했지만 놀랍게도 마운드를 향해 다시 뛰어나갔다. 투혼이었을까? 아니면 무모한 강행이었을까? 그리고 조영건은 결국 LG의 중심타자 문보경과 박동원을 잡아내며 자신의 투혼을 입증했다. 연장 10회 말 터

　　　　　　　　　　　　　　권성욱의 더 오프닝

져 나온 송성문의 끝내기 홈런. 히어로즈는 연장 승부 끝에 극적인 역전승을 거두었다.

히어로즈는 깨어난 걸까?

히어로즈를 이야기할 때 늘 조심스러우면서도 고민되는 부분이 있다. 과연 히어로즈는 '언더독'인가? '언더독'의 사전적 의미는 우승이나 이길 확률이 낮은 팀 혹은 선수를 뜻한다. 즉 약팀이라는 뜻이다. 그렇다면 히어로즈는 약팀이었을까?

새로운 시즌이 시작되기 전 방송사들은 뻔하기도 하고 맞출 확률이 떨어짐에도 불구하고 마치 안 하면 섭섭한 습관처럼 전문가들을 모아놓고 이번 시즌 우승팀과 가을 야구에 진출할 팀을 예상한다. 대부분의 전문가들은 어쩔 수 없이 두루뭉술 빠져나갈 구멍을 만들어 놓고 예상 아닌 예상을 한다. 그리고 그 예상에서조차도 대부분 히어로즈는 포스트시즌 진출 가능한 팀에서 제외됐다. 이유는 간단하다. 누가 봐도 우승권에 들거나 포스트시즌에 진출할 전력이 아니라고 판단하기 때문이다. 즉 히어로즈는 언더독이라고 보는 거다. 그건 전문가뿐만 아니라 히어로즈 팬들을 제외한 대부분의 야구팬들도 '당연한 것 아닌가?'라고 여기는 부분이다. 그러나 히어로즈는 가을 야구에 진출할 확률이 떨어지는 우승의 가능성이 낮은 약팀이었을까?

국내 프로야구 구단의 운영방식은 메이저리그의 구단과는 좀 다른 점이 있다. 최근에는 각 구단이 자생력을 갖고 자체 수익 구조를 많이 갖췄다고는 하지만 대부분의 프로야구단은 모기업으로부터 어느 정도의 구단 운영비를 지원받는다. 하나의 산업으로 인식되기 전에 출발한 국내 프로스포츠는 인식의 문제인지 시장의 한계 탓인지 스스로 수익을 발생시키는 산업이라기보다는 모기업 홍보의 수단으로 인식되어왔다.

그 인식에서 벗어나 네이밍 스폰서를 통해 구단 운영 자금을 마련하는 새로운 구단 운영을 시도한 것이 히어로즈다. 구단의 운영 자금을 자체적으로 조달한다는 것은 곧 모든 선택이 계산 위에 놓인다는 뜻이다. 효율은 미덕이 아니라 생존의 조건이었다.

선수 운영에서도 외부 대형 FA 영입보다는 가능성이 있는 신인 선수의 육성 혹은 타 팀에서 재능은 있었지만, 기회를 부여받지 못한 기대주, 아직 열정이 뜨거운 베테랑의 영입을 통해 팀의 전력을 쌓아왔다. 좋은 말로 포장했지만, 야구인들이나 팬들의 눈에 비친 모습은 야구에 투자하지 않고 타 팀에서 방출한 선수나 검증되지 않은 신인 선수를 기용하고 좋은 선수는 타 구단에 팔아 운영비를 충당하는 '가난한 구단'이었다. 그러나 기존의 방식과 다른 투자와 운영을 한다고 해서 그들을 '언더독'이라고 할 수 있을까? 구단의 운영과 전력은 같이 가는 부분도 있지만 히어로

     권성욱의 더 오프닝

즈에게는 다른 이야기이다. '비인기 구단'이라는 말에는 동의할 수 있을지 모르겠지만 그들은 '언더독'이 아니었다.

2013년 팀의 3대 감독으로 선임된 염경엽 감독 이후 장정석, 홍원기 감독을 거치며 히어로즈는 2017년을 제외하고 10년간 9번의 포스트시즌 진출에 성공했다. 그중 2014년, 2019년, 2022년에는 한국시리즈에 진출하며 우승에 근접한 팀으로 자리를 잡는다. 그 10년 동안 어떤 전문가도 히어로즈가 한국시리즈 혹은 가을 야구에 올라갈 것이라는 예상을 하지 않았다.

히어로즈는 선수가 자원인 팀이다. 히어로즈의 전통을 이어온 다섯 명의 메이저리거 강정호, 박병호, 김하성, 이정후, 김혜성 그들은 히어로즈의 선수이면서 한국프로야구를 대표하는 선수들이었다. 그들이 보여준 압도적인 실력과 후배들을 향한 리더십은 히어로즈의 문화이자 자산이었다. 다섯 명의 메이저리거를 배출한 원동력은 선수 선발의 기준과 육성의 방향만큼은 뚜렷했기 때문이었다. 좋은 선수 선발과 육성에 있어서만큼 히어로즈는 진심이었다.

지금도 프로를 지망하는 아마추어 선수에게 가장 가고 싶은 팀을 고르라면 망설일 것 없이 히어로즈를 선택한다. 가장 큰 이유는 기회의 보장이다. 실력과 자격을 갖췄다면 누구라도 1군 주전 라인업에 이름을 올릴 수 있는 팀. 기회가 생명인 어린 선수들에게 히어로즈는 '생명의 땅'이다. 그리고 그 '생명의 땅'에서 이정후와 김혜성이 태어났다. 기회는 어린 신인 선수에게만 주어지는 것은 아니었다. 품격과 열정이 있다면 베테랑에게도 기회는 충분했다.

열정을 갖춘 베테랑과 패기로 가득 찬 어린 선수 간의 경쟁. 이 바람직한 경쟁은 팀을 9번의 포스트시즌 진출로 이끌었다. 그리고 그것이 팬들에게는 히어로즈라는 자부심이었다.

히어로즈는 2023년, 2024년, 2025년 3시즌 연속 최하위를 기록했다.

특히 2025년 팬들이 속상해한 것은 단지 2할대에 그친 승률 때문만은 아니었다. 히어로즈가 자랑했던 히어로즈만의 문화가 무너지고 있다는 안타까움이었다. 팀의 주장인 송성문은 팀 분위기를 '개판 오 분 전'이라는 말로 표현하며 활기 뒤에 숨겨진 혼란을 걱정했다. 히어로즈의 상징과 같은 이정후는 '제가 있을 때는 쟁쟁한 선배들과 강한 2군 때문에 1군에 오는 것 자체가 어려웠습니다. 하지만 지금은 1군에서 뛰는 것이 당연하다는 인식이 생긴 것 같습니다.'라며 현재 히어로즈의 변질한 문화를 강하게 비판했다. 신인 선수들에게 기회는 어렵게 따내는 것이 아니

　　　　　　　　　　　　　　권성욱의 더 오프닝

라 당연하게 주어지는 것처럼 여겨졌고 경쟁의 기회를 잃은 베테랑들의 열정은 사그라져 갔다.

주장 송성문의 눈물의 인터뷰 이후 히어로즈는 분명 달라진 모습이었다. 2할대에 머물렀던 승률은 이후 4할을 넘기며 분전했다. 그러나 결국 히어로즈는 최종 승률 3할 3푼 6리 최하위로 시즌을 마무리했다. 2025년 히어로즈는 어린 선수들을 대거 기용해 경험을 쌓을 기회를 충분히 주는 전략을 선택했다. 언제인지는 모르지만, 히어로즈가 정상에 우뚝 서는 그날을 위해. 그 선택은 당연히 존중되어야 한다. 하지만 그 결과 3년 연속 최하위, 동시에 앞으로는 더 나아질 것이라는 누구도 보장할 수 없는 불안한 기대감도 남겼다.

누군가는 미래를 위해 현재를 희생해야 한다고 한다. 그것이 더 나은 미래를 향한 투자라고 설득한다. 그러나 현재를 희생하는 것과 미래를 위한 대비가 같은 의미일까? 미래를 위한 대비는 현실의 자신감에서 비롯된다. 현재를 희생하자는 이야기는 결국, 불안한 현실에 대한 그리고 자신 없는 미래에 대한 변명이 아닐까? 현재의 최선이 더 나은 미래를 만드는 것은 아닐까?

반만년 우뚝 설 우리 샛별이여!
서울 히어로즈는 전진한다!

벗이여, 친구여, 나의 자랑이여!

히어로즈를 대표하는 그리고 히어로즈 팬들이 가장 사랑하는 응원가인 '영웅출정가'의 가사이다. 반만년 우뚝 설 기세로 팬들의 자랑이었던 히어로즈. 히어로즈는 다시 팬들의 샛별이, 친구의 자랑이 될 수 있을까?

* 이 글을 다 쓴 후 송성문 선수가 MLB 샌디에이고와 계약했다는 공식 발표가 있었다. 히어로즈는 6명의 메이저리거를 배출한 팀이 됐다.

　　　　　　　　　　　　　　　권성욱의 더 오프닝

인천 SSG 랜더스필드
SSG.COM
ROCKET
OLIVE YOUNG
MOLLY'S
유승건설
대방건설
반도건설

권성욱의 더 오프닝

어느덧 야구는
우리 일상에 깊숙이 들어와 있습니다.

응원하는 팀의 일정을 확인하고
좋아하는 선수의 기록을 체크합니다.
미처 보지 못한 경기는 하이라이트라도 꼭 챙기고
내일의 선발 투수를 예상도 해봅니다.

올 시즌도 리그는 절반을 넘어
비와 구름의 계절까지 와있습니다.
우리의 일상이 늘 평안하기를 바라지만
야구처럼 비와 구름이라는 변수도 있습니다.

여러분의 일상은 평안하신가요?
예상치 못한 변수에 혼돈스러운가요?

이제 절반을 지나왔습니다.
그리고 아직 절반이 남아있습니다.

3루

2015년 10개 구단 체제가 된 KBO리그는 3월 말에 시작해서 10월 중순까지 정규레이스를 치른다. 각 팀은 16차전씩 총 144경기를 치르고 리그 전체를 봤을 때는 총 720경기를 치른다. 최근에는 잔여 경기 일정 중 2연전 일정에 대한 이동상의 어려움을 완화하기 위해 격년제로 5개 팀이 73경기는 홈에서, 71경기를 원정 경기로 나누어서 치른다.

매주 월요일을 제외하고 화요일부터 일요일까지 전국 5개 구장에서 경기가 열리고 이 경기들은 스포츠 전문 채널과 OTT를 통해 생중계된다. 비가 많이 오거나 미세먼지가 심한 날처럼 기상 상황이 매우 안 좋은 날을 제외하고 프로야구는 시청자에게 어김없이 전달된다. 경기가 끝난 뒤에는 각 채널의 하이라이트 프로그램이 하루를 정리한다. 프로야구 팬들의 하루도 그와 함께 마무리된다.

KBO리그는 출범한 이후 단 한 번도 중단되거나 멈춘 적이 없다. 2020년 전 세계를 뒤덮은 코로나-19 팬데믹 위기에서도 리그가 중단되지 않았다. 비록 개막일이 예정된 3월 말에서 5월로 미뤄지기는 했지만 144경기 모두를 소화했다. 미국 메이저리그가 60경기로 시즌을 축소해 운영한 것과는 다르게 KBO리그는 전 일정을 끝까지 소화했다는 것은 의미가 컸다.

코로나-19 팬데믹 위기를 정면 돌파한 KBO리그는 이후 국내 최고의 인기 스포츠로 확고하게 자리를 잡았다. 2021년 SK와이 번스를 인수한 SSG랜더스는 2022년 창단 2년 만에 KBO리그 최초로 와이어-투-와이어 우승을 차지했고 2023년 LG트윈스는 29년 만에 우승을 차지해 많은 LG트윈스 팬들의 오랜 염원이 이루어졌다.

2024년 KBO리그가 한 단계 더 발전했다. KBO는 2024년 전 세계 최초로 자동 투구 판정 시스템 ABS를 도입해 판정의 공정성을 높였다. 전국적인 인기팀인 기아타이거즈와 한화이글스의 관중이 폭발적으로 증가하면서 흥행에도 대박이 터졌다. 매 시즌 700만에서 800만 정도의 관중을 모았던 KBO리그는 사상 최초로 1000만 관중을 달성했다. 메이저리그에서 활약하던 류현진의 복귀, LG트윈스와 한화이글스 등 인기 팀들의 선전, 기아타이거즈의 우승 그리고 김도영이라는 슈퍼스타의 탄생이 있었다. 특히 ABS가 공정성을 강조하는 젊은 층에게 어필하며 KBO리그의 흥행에 일조했다. 여성 팬들의 유입도 KBO 입장에서는 고무적이었다. 가족 단위 팬들의 증가에 이어 이제는 여성 팬들도 자신만의 스타플레이어와 응원하는 팀을 위해 야구장을 찾는다.

2025년 KBO리그는 2024년의 기세를 뛰어넘는 인기와 관중 동원력으로 1,200만 돌파라는 신기원을 이루어냈다. LG트윈스가 2023년에 이어 또다시 우승하면서 왕조의 길을 선언했고 비록 우승하지는 못했지만, 한화이글스의 선전은 전국에 한화이글스 열풍을 일으켰다. 이제 프로야구는 그야말로 전 국민이 함께 웃고 즐기며 감동하는 국민 스포츠가 됐다.

스포츠 전문 방송사로서도 프로야구는 가장 귀중한 콘텐츠다. 2월 각 구단의 전지훈련 취재부터 시작해 3월 시범 경기 중계 그리고 3월 말부터 약 6개월간의 정규시즌, 포스트시즌까지 일 년에 약 10개월간 양질의 풍부한 콘텐츠가 생성된다. 정규시즌 경기는 평균 시청률이 1%가 넘게 나와 채널의 처지에서 본다면 최고의 효율과 가치를 갖춘 킬러 콘텐츠다. 최근에는 20대와 30대 여성 시청자 수도 급증해 시청자의 폭이 더욱 넓어졌다.

본 경기 라이브 방송뿐 아니라 경기 후 하이라이트 프로그램도 시청률 경쟁이 치열하다. 각 채널은 조금이라도 야구팬들에게 좋은 평가를 받고 시청률을 높이기 위해 최선의 노력을 다한다. 다른 한편으로 보면 각 스포츠 전문 채널들의 치열한 경쟁이 프로야구 콘텐츠의 가치를 높이는 데에 큰 역할을 했다고 할 수 있다.

매일 밤 펼쳐지는 프로야구는 이제 우리의 일상이 되었다. 어쩌다 한 번씩 채널을 돌리면서 잠시 보는 콘텐츠가 아니라 매일매일 우리의 생활과 함께하는 콘텐츠가 됐다. 때로는 프로야구로

　　　　　　　　　　　　　　　권성욱의 더 오프닝

기분이 좋아지기도 하고 하루의 마지막에 분통을 터뜨리기도 한다. 내가 좋아하는 선수가 좋은 플레이로 팀의 승리에 공신이 되기도 하고 때로는 실망스러운 플레이로 속이 상하기도 한다. 아침에 일어나면 오늘 날씨가 어떤지 확인하고 퇴근 시간도 경기 개시 시간에 맞추어 서두른다. 만약 TV를 보기 어려우면 OTT를 통해서 버스 안이나 지하철 안에서 경기 관람도 자연스럽다. 응원하는 팀의 오늘 출전 선발 투수가 누구인지 확인하는 것은 중요한 절차이다. 피치 못할 약속이나 회식으로 경기를 보지 못하는 날이면 각 채널의 하이라이트 프로그램이라도 챙겨 보는 것이 야구팬의 최소한의 예의가 됐다.

우리가 야구를 좋아하는 것은 단순히 승부 때문만은 아니다. 우리가 매일 통과하고 있는 일상과 너무나도 가깝게 붙어 있기 때문이다. 늘 평온하기를 바라지만 때로는 비도 내리고 때로는 구름이 잔뜩 끼기도 한다. 좋은 날씨 속에서 최고의 컨디션을 보여주고 싶지만, 항상 상황이 좋은 것만은 아니다. 그럼에도 불구하고 경기는 매일매일 당연하게 치러진다. 그렇게 열심히 달려 우리는 순위표 어딘가에 자리를 잡는다. 실력도 중요하지만, 지금의 순위표상의 위치는 잘 버텨온 결과다. 지금의 위치가 꼭 내일의 결과는 아니다. 오늘 중위권에 혹은 기대보다 낮은 순위에 있지만, 이걸로 끝난 것은 아니다. 아직 시즌은 많이 남아있다. 우리의 시간도 아직 끝나지 않았다.

잘 버텨온 시간 속에는 비도 바람도 있었다. 늘 평온하지만은 않았다. 변수는 늘 소나기처럼 찾아오고 준비했던 계획은 그 앞에서 의미를 잃어버렸다. 절반이 흘렀지만, 아직 절반이 남아있다. 지나간 절반을 되돌릴 수는 없다. 아직 남아있는 절반의 기회를 잊어서는 안 된다. 지나간 절반은 남은 절반에 대한 질문이다. 그리고 질문은 답을 확정하지 않는다.

야구가 우리에게 던지는 질문의 방식은 항상 달랐고 정답이 정해진 것도 아니었다. 어제의 성적표는 오늘을 보장하지 않고 오늘의 태도는 내일의 결과를 예견한다. 매일 저녁 6시 30분 경기는 변함없이 시작되듯 우리도 같은 시간 같은 자리에서 전력투구하고 온 힘을 다해 방망이를 휘두른다. 비가 와도 구름이 몰려와도 우리는 또 우리의 시간에 우리의 자리로 향한다. 그렇게 하루하루를 버텨낸다.

아직 우리의 시즌은 끝나지 않았다. 아직 절반이나 남아있다. 주어진 것은 남아있는 절반을 바라보는 태도다. 오늘도 아무 일 없었다는 듯 야구는 또 시작된다. 마치 무덤덤한 우리의 일상처럼.

권성욱의 더 오프닝

전반기가 채 끝나기도 전
700만의 관중으로 리그는 뜨거웠습니다.

오늘 홈에서 경기를 갖는 디펜딩 챔피언은
악재 속에서 희망을 찾아갑니다.

누군가는 잇몸으로 잘 버텨냈다고 합니다.
그러나 어찌 보면 그들은 잇몸이 아닌
미리 보는 미래일지도 모르겠습니다.

지금 팀을 지키고 있는 것은 스타가 아닌
기회를 잡은 무명의 잇몸들
그리고 기회의 소중함을 뼈저리게 알고 있는 백전노장.

버티는 것이 아닌
새로운 길을 찾아가고 있는 것.

팬들이 어제의 챔피언이 아닌
오늘의 도전자를 응원하는 이유입니다.

3루

　2025년은 KBO리그 역사상 가장 뜨거웠던 시즌이었다. 2024년 사상 첫 1,000만 관중을 넘어선 KBO리그는 그 기세를 몰아서 2025년 1,200만 관중 돌파라는 엄청난 호황을 맞았다. 각 구단도 2024년에 세웠던 관중 기록을 훌쩍 넘어서는 관중 증가세를 보였다. 그러나 아쉽게도 단 한 구단은 이 축제에서 제외됐다.

　2024년의 1,000만이라는 기록적인 관중 동원에 가장 큰 공헌을 한 것은 누가 뭐래도 2024년 챔피언 기아타이거즈다. 압도적인 전력과 '김도영'이라는 젊은 스타가 탄생하면서 기아타이거즈는 흥행의 중심에 있었다. 홈구장인 광주 기아챔피언스필드의 2024년 총관중 수는 약 126만 명으로 전체 10개 구단 가운데 4위를 기록했다. 홈에서의 관중 수는 4위였지만 전국적인 인기를 고려한다면 1,000만 관중의 1등 공신은 기아타이거즈라는 말에 틀림은 없을 것이다. 특히 기아타이거즈의 서울 및 수도권에서의 관중 동원력은 막강했다. 한마디로 전국구 인기 구단이었다. 따라서 2025년 기아타이거즈에 대한 기대감은 너무나 당연했다. 압도적인 전력과 선수층, 엄청난 팬심을 앞세운 기아타이거즈가 2025년에도 성적과 흥행 모두 다시 한번 리그를 집어삼킬 것으로 예상했다. 언론뿐 아니라 대부분의 야구 전문가도 자연스럽게 기아타이거즈를 맨 위에 놓고 시즌 예상을 시작했다. 그러나 늘 그렇듯 야구는 예상대로 흘러가지 않는다. 항상 생각지도 못했던 변수가 터지고 예상하지 못했던 사건과 사고가 뒤따른다. 마치

　　　　　　　　　　　　　　　　　　권성욱의 더 오프닝

우리의 일상처럼.

2025년 기아타이거즈의 가장 큰 변수는 부상이었다. 일종의 우승에 대한 후유증이었을까? 기아타이거즈는 시즌 내내 부상으로 고생했다. 주축 선수 한두 명만 빠져도 팀 전체 전력에 큰 타격이 있다. 그런데 기아타이거즈는 팀의 주축 선수 대부분이 부상으로 한 번씩은 자리를 비웠다.

충격의 시작은 새로운 왕으로 등극한 2024년 MVP 김도영의 부상이었다. 시즌 개막하자마자 햄스트링 부상을 당하면서 팬들은 충격에 빠졌다. 이후 박찬호의 무릎 부상, 김선빈의 종아리 부상, 불펜 핵심이었던 곽도규의 팔꿈치 부상, 나성범의 종아리 부상이 연쇄적으로 일어났다. 여기에 2024년 선발 로테이션을 지켰던 투수 황동하의 교통사고는 엎친 데 덮친 격이었다. 이 모든 일이 시즌 개막 후 한 달 남짓한 시간에 벌어졌다. 제아무리 팀을 우승으로 이끈 이범호 감독이라 하더라도 이런 정도의 전력 이탈에는 어찌할 방법이 없었다. 부상당한 선수들은 대부분 우승의 주축이자 확실한 자기 자리를 가지고 있는 선수들이었다. 그러나 그 자리를 자신의 것으로 만들고 싶은 백업 선수 혹은 경쟁자도 분명 존재한다. 세상에는 영원히 한 사람만을 위한 자리는 없다. 늘 누군가의 공백은 또 다른 누군가의 기회로 이어진다.

기아타이거즈는 부상의 악재 속에서도 상반기 희망을 찾아갔
다. 누군가의 공백으로 찾아온 기회를 놓치지 않으려는 젊은 선
수들과 위기에서 빛을 발하는 베테랑의 활약은 전혀 다른 라인업
을 만들었다. 김도영과 김선빈, 박찬호의 부상으로 생긴 내야 공
백은 내야 멀티 자원 김규성과 기대주 변우혁이 자리를 훌륭하게
메웠다.

타선에서의 공백은 오선우라는 기대주의 거포로서의 가능성을
확인하는 기회가 됐다. 인하대를 졸업하고 2019년 2차 5라운드
전체 50번으로 기아타이거즈에 입단한 오선우는 언젠가는 기아
타이거즈의 중심타자로 성장할 것이라는 기대를 받던 좌타 거포
였다. 그러나 성장은 생각보다 더뎠고 본인도 팀도 조급할 수 있
는 상황이었다. 퓨처스에서 시즌을 시작한 오선우는 부상으로 전
력 공백이 커진 팀의 호출을 받고 2025년 4월 13일 시즌 첫 1
군 무대에 이름을 올렸다. 이 경기에서 2번 타자로 출전한 오선
우는 2대 2의 균형을 깨뜨리는 2점 홈런을 때려내 주어진 기회
를 자신의 것으로 만들었다. 2025년 첫 경기에서 강력한 인상을
심어준 오선우의 활약은 시즌 내내 이어졌다. 결국, 2025년 18
개의 홈런을 때려내며 기아타이거즈 중심타자의 가능성을 확인시
켰다.

김호령의 성장은 기아타이거즈 팬뿐 아니라 모든 프로야구 팬들을 놀라게 했다. 늘 중견수 수비만 좋은 선수로 평가를 받던 김호령은 공격력까지 발전하는 모습을 보였다. 오선우와 마찬가지로 퓨처스에서 시즌을 시작한 김호령은 4월 말 1군에 합류해 6월부터 타격감을 끌어 올리기 시작해 7월에는 폭발적인 타격감을 보였다. 결국, 2025년 타율 2할 8푼 3리 0.793OPS, wRC+ 123.2를 기록하며 타자로서의 가능성을 인정받았다. 김호령이 2025년 보여준 것은 위에 열거한 숫자 이상의 의미들이었다.

베테랑 최형우의 활약은 고군분투 그 자체였다. 최형우는 베테랑의 진정한 가치를 잃지 않았다. 시즌 타율은 3할 7리 0.928OPS, wRC+157.6으로 41살이라는 나이를 잊게 만든 눈부신 활약이었다. 더군다나 김도영, 나성범 등의 공백으로 중심 타선이 무너진 상황에서의 활약이었기에 베테랑 최형우의 존재는 더욱 빛이 났다.

새로운 라인업의 등장으로 기아타이거즈는 올스타 브레이크 전 한때 리그 2위까지 반등했다. 언론에서는 이가 빠진 자리에 잇몸으로 잘 버텼다고 평가했다. 주전 선수가 빠진 자리 '대체 선수'들로 잘 버텼다는 의미였다. 그러나 언론에서 잇몸이라고 평가했던 그들은 이가 빠진 자리를 대체하는 잇몸으로만 남고 싶지 않았다. 이른바 '대체 선수'들에게는 늘 자리에 대한 불안감이 뒤

따른다. 오늘 홈런을 때려내도 내일 내 이름이 다시 불릴지는 확신하지 못한다. 삼진을 당하고 나오면 당장 다음이라는 기회조차 생각하지 못한다. 그들에게 '준비'라는 단어는 의미가 없다. 비록 오늘 내 이름이 불리지 않아도 또는 갑자기 내 이름이 불려도 준비가 됐냐고 누구도 확인하지 않는다. 기회의 절실함은 그들을 다시 일어서게 만드는 가장 큰 힘이다. 변화를 즐겼던 것은 기회를 잡은 선수들뿐만이 아니었다. 팬들도 이것이 새로운 기아타이거즈의 시작점이기를 바랐다. 비록 부상으로 빠진 선수들이 우승의 주역이기는 하지만 이름값이 아닌 절실함으로 경쟁하는 선수들에게 더 큰 박수와 환호를 보냈다.

팬들은 2024년만큼 화려하지는 않지만 포기하지 않는 승부, 간절함이 뿜어져 나오는 야구에 더 끌렸다. 어쩌면 위기는 곧 새로운 길을 찾아가는 과정이었을지도 모른다. 챔피언에 대한 환호에서 이제는 도전자가 된 기아타이거즈를 더 응원했다. 그러나 희망이 오래가지는 못했다. 전반기를 4위로 마치고 8월 중순까지 힘겹게 중위권을 버티던 기아타이거즈가 무너진 것은 9월이 다가오면서였다. 부상에서 돌아온 선수들이 다시 라인업을 채웠지만, 전반기에 보여줬던 가능성은 점점 빛을 잃어 갔다.

기아타이거즈의 2025년 최종 성적은 8위. 기아타이거즈는 10개 구단 체제가 된 이후로 우승한 다음 시즌 가장 큰 폭의 성적하락을 보인 팀이라는 불명예를 안게 되었다. 팬들도 실망이 컸다. 1,200만 관중 시대에 기아타이거즈는 10개 구단 중 유일하게 전년 대비 홈 관중이 줄었다.

시즌 시작을 부상과 함께 출발한 기아타이거즈. 암울한 시즌 출발이었지만 새로운 얼굴들을 통해서 희망을 발견했다. 그러나 결국 희망은 오래가지 못하면서 최고의 시즌 이후 최악의 시즌 마무리를 하게 됐다. 비록 실망스러운 시즌이었지만 희망의 순간을 잊어서는 안 된다. 버티는 것이 아닌 다른 길을 찾았던 순간을 기억해야 한다. 스타의 부재가 위기가 아닌 무명의 가능성을 확인했던 기회였던 것을 다시 한번 상기해야 한다.

팬들이 시즌 중반 그래도 박수를 보냈던 이유는 어제의 챔피언을 위해서가 아니라 오늘의 도전자를 응원하기 위해서였다. 이미 완성된 또 다른 이야기가 아닌 새롭게 쓰이고 있는 이야기였기 때문에 더 환호했다. 팬들에게 승리는 언제나 소중하지만, 그것보다 더 가치가 있다고 여기는 것은 우리가 지금 어디로 가고 있느냐이다.

우리의 내일이 어디로 갈지 누구도 알 수는 없다. 그러나 오늘의 선택이 내일의 서사를 만든다는 것은 변함없는 사실이다.

한때 '잇몸'이라 불렸던 봄날의 그들. 이빨 빠진 자리를 대신하는 대체제로 여겨졌던 그들. 그러나 그들은 단순히 빈자리를 메운 것이 아니었는지도 모른다. 힘들었던 봄날 그들은 새로운 이야기를 들려주었다. 봄날의 그들은 내일 기아타이거즈 팬들에게 어떤 이야기를 들려줄까?

야구는 실패에 관대한 스포츠입니다.

지금 가장 주목받는 팀은 아이러니하게도
현재 9위를 달리고 있는 팀입니다.
올 시즌 그들의 야구는 실패였습니다.

그러나 지금 그들은 순위표상의 9위가 아닙니다.
이 시기면 의례히 나타나는
매운맛이 아닌 모두가 기억하는 익숙함.

우리는 그들을 화수분 혹은
허슬두Hustle Doo라고 불렀습니다.
야구는 실패에 관대합니다.
그러나 실수에는 엄중합니다.

팬들은 올 시즌 겪은 실패가
또다시 실수로 이어지지 않기를 기원합니다.
그 기원을 대행해 줄 구원자는 과연 누구일까요?

3루

야구는 실패를 전제로 하는 스포츠다. 그만큼 잘하기 어려운, 즉 '성공의 가능성'이 낮은 스포츠다. 가장 대표적인 예가 타율이다. 타율은 흔히 '확률'로 오해되지만, 정확히 말하면 성공의 비율이다. 즉 3할 타자는 10번 중 3번 안타를 만들어 내는 데 성공했다는 의미이다.

전통적으로 야구에서는 3할 타자를 훌륭하다고 평가한다. 일반적인 시각에서 본다면 10번 중 3번의 성공이 훌륭하다는 것은 매우 관대한 평가다. 훌륭하다는 평가를 받는 3번의 성공을 뒤집어서 얘기하면 7번의 실패는 괜찮다는 이야기다. 그만큼 야구에서 타격은 성공의 가능성보다는 실패의 가능성이 더 높다는 뜻이다. 그 관대함은 7번의 실패를 받아들인다는 의미이기도 하다.

투수들의 성적인 평균자책점 역시 마찬가지다. 선발 투수의 경우 3점대 평균자책점만 기록해도 좋은 투수라는 평가를 하는데 3점대 평균자책점이라는 의미는 9이닝 기준으로 3점 정도 허용하는 투수라는 것이다. 그러니까 투수는 완벽하게 점수를 막는 것을 전제로 평가하는 것이 아니라 3점 정도 주는 것은 어쩔 수 없다고 보는 것이다. 7번의 실패와 3점의 허용은 실패에 관대한 야구의 특성을 보여주는 가장 대표적인 기록들이다.

실패와 실수의 차이는 무엇일까?

때로는 두 단어를 비슷하게 혼용해서 쓰이기도 하는데 어떤 관점을 갖고 있느냐에 따라 전혀 다른 무게감을 가지고 있다. 실수는 과정에서 나오는 오류다. 판단이 흐려졌거나 집중력이 떨어졌을 때, 그리고 오만함이 넘쳐흐를 때 실수한다. 실수는 되돌릴 기회가 주어진다. 물론 무한의 기회는 아니다. 수정이 가능하고 반복하지 않을 수 있으며 실수를 통해서 성찰을 일구기도 한다. 반면 실패는 결과다. 가고자 하는 곳에 닿지 못했을 때. 목표를 이루지 못했을 때. 우리는 그것을 실패라고 부른다. 실패 후에도 되물어야 한다. 무엇이 잘못된 길로 이끌었는지 어디에서부터 잘못간 것인지 반드시 되물어야 실패를 반복하지 않는다.

두산베어스는 삼성라이온즈, 롯데자이언츠와 더불어 1982년 원년 창단 후 운영 주체가 바뀌지 않은 팀이다. OB베어스로 출발해 두산베어스로 이어 오면서 두산베어스만이 가지고 있는 끈끈한 팀 성향이 변함없는 최고의 인기 구단이다. 특히 김인식 감독, 김경문 감독, 김태형 감독 등 대한민국 야구를 대표하는 걸출한 감독들을 배출해내며 꾸준하게 좋은 성적을 냈다.

김인식 감독이 두산베어스를 이끌던 1999년부터 2003년까지 5년 동안 두산베어스는 3번의 포스트시즌 진출과 한 번의 한국시리즈 우승을 경험했고 2004년부터 2011년까지 김경문 감독의 체제에서는 6번의 포스트시즌 진출 3번의 한국시리즈 준우승을 만들어냈다. 왕조로 평가받는 김태형 감독 시절의 두산베어스는 2015년부터 2022년까지 8년간 7번의 한국시리즈 진출에 3번의 한국시리즈 우승이라는 놀라운 기록을 세워 냈다.

두산베어스는 세 단어로 설명할 수 있다. '허슬두Hustle Doo', '화수분'그리고 '미라클'. 이 세 단어만큼 두산베어스를 잘 설명하는 단어도 없을 것이다. 잘 갖춰진 육성과 선수 선발 시스템으로 끊임없이 좋은 선수를 배출해냈고 이 선수들은 치열한 경쟁 속에서 몸을 던져 팀을 일으켜 세웠다. 그리고 그들은 늘 불가능 속에서 기적을 만들어냈다.

이승엽 감독은 두산베어스의 11대 감독이다. 두산베어스를 7년 연속 한국시리즈에 올렸던 김태형 감독이 팀을 떠나면서 '국민타자'이승엽 감독이 두산베어스의 감독으로 선임되었다. 이승엽 감독은 은퇴 후 방송 활동을 하다가 처음 프로팀의 감독을 맡게 된 '초보 감독'이었다. 두산베어스의 영광을 이끌었던 김경문 감독도 김태형 감독도 팀을 맡을 당시 '초보 감독'이었다. 그러나 이승엽 감독과의 차이점은 김경문, 김태형 감독은 코치 생활을 오래 경험했다는 것이다. 이승엽 감독은 프로팀에서 코치의 경험을 하지 않은 채 바로 감독을 맡았다.

이승엽 감독이 팀을 맡은 동안 두산베어스는 2023년 5위로 와일드카드로 포스트시즌 진출, 2024년에는 4위로 역시 포스트시즌 진출에 성공했다. 김태형 감독이 중도사퇴를 한 2022년에 9위로 추락한 것에 비하면 초보 이승엽 감독의 분명한 성과였다. 그러나, 만족스럽지 않았던 것은 팬들만이 아니었다.

2025년 시즌 시작을 앞두고 전지훈련지를 방문한 두산베어스의 박정원 구단주는 '두산베어스는 4등이나 5등을 하려고 야구를 하는 것이 아니다'라는 말로 이승엽 감독을 압박했다. 구단주의 말이 가진 무게감은 큰 부담으로 다가왔다. 개막 후 4월 한 달간 10승 12패 승률 4할 5푼 5리로 전체 7위. 이후로도 두산베어스는 5할 승률을 넘기지 못했다. 2025년은 키움히어로즈의 탱킹Tanking에 가까운 시즌으로 승률이 3할에도 못 미쳤다는 것을 생각한다면 팬들로서는 아쉬움이 컸을 것이다.

결국, 이승엽 감독은 견디지 못하고 2025년 6월 2일 자진사퇴를 결심했다. 이승엽 감독이 마지막으로 팀을 이끈 6월 1일까지의 두산베어스의 성적은 23승 32패 3무 승률 4할 1푼 8리 전체 9위였다. 한때 국민 영웅이었던 이승엽 감독의 안타까운 뒷모습이었다. '이승엽'이었기 때문에 기대가 컸지만 결국 '이승엽'이었기 때문에 부담감도 컸을 것이다. 이승엽 감독 사퇴 후 팀을 맡은 것은 당시 팀의 수석코치였던 조성환 코치였다. 조성환 코치는 두산베어스의 감독대행으로 팀을 빠르게 수습했다. 조성환 감독대행이 팀을 이끈 6월 3일부터 6월 말까지 8승 13패로 감독 사퇴의 충격에서 벗어나지 못했지만, 7월 두산베어스는 10승 8패 2무 승률 5할 5푼 6리로 4위, 8월 13승 12패 1무 승률 5할 2푼으로 8월 역시 승률 4위를 기록했다.

무엇보다 조성환 감독대행이 높은 평가를 받은 것은 지지부진하던 세대교체를 단숨에 실행에 옮겼다는 것이다. 김재호의 은퇴와 허경민의 이적으로 두산베어스의 내야는 주인이 집을 비운 상황이었다. 한 선수가 부진하면 대체 선수가 나타나 그 자리를 꿰차던 '화수분'은 이미 옛말이었다. 조성환 감독대행은 부임 후 박준순, 임종성, 김동준 등 젊은 야수들을 대거 기용해 기회를 주었다. 그중 신인 박준순의 활약은 허경민이 떠난 3루 자리에 새로운 주인이 나타났음을 알렸다. 젊은 야수들에게 주어진 기회는 팀 내 경쟁을 일으켰고 이 기회는 팀의 활력으로 나타났다.

팬들은 '허슬두'가 살아났다고 기뻐했다. 활력을 되찾은 두산베어스는 순위경쟁에 숨 가쁜 리그를 더욱 긴장하게 만들었다. 그러나 살아난 '화수분'과 '허슬두'가 결국 '미라클'로 환생하지는 못했다. 두산베어스의 2025년 최종 성적은 61승 77패 6무, 승률 4할 4푼 2리 전체 9위였다.

두산베어스의 2025년 야구는 실패였다. 많은 돈을 투자해 거물급 베테랑 선수를 영입했지만, 투자에 걸맞은 성과를 내지 못했다. 더 큰 아쉬움은 젊은 선수의 성장이 제한됐다는 것이다. 더 이상 '허슬'하지도 '미라클'하지도 않았다. 조성환 감독대행의 야구에서 짧은 기간이었지만 팬들이 환호했던 것은 두산베어스다운 '허슬'과 '성장'을 느꼈기 때문이었다.

두산베어스는 시즌이 끝난 후 2026년 두산베어스를 이끌어 갈 새로운 사령탑으로 김원형 감독을 선임했다. 전임 감독이 퇴진한 후 빠르게 팀을 안정시키고 젊은 선수에게 기회를 준 조성환 감독대행도 감독의 물망에 올랐지만 결국 두산베어스의 선택은 김원형 감독이었다. 김경문 감독, 김태형 감독, 이승엽 감독 등 초보 감독을 선택했던 두산베어스가 이번에는 2022년 SSG랜더스의 와이어투와이어wire-to-wire 우승의 역사를 쓴 김원형 감독을 선택한 것이다.

두산베어스는 갈림길을 마주하고 있다. 실패를 지나 새로운 선택을 했다. 실패의 기억이 지나간 추억이 될지 미래를 향한 약속이 될지 누구도 알 수 없다. 많은 팀이 실패를 경험하지만, 그 실패를 통해 미래를 깨우치는 팀 또한 많지 않다.

야구는 실패에 관대하다. 관대함의 조건은 실수를 반복하지 않는 것이다.

실수를 통해 성찰하지 못한다면 또 다른 실패를 가져온다. 실수는 절대 반복되어서는 안 된다. 실수를 통해서 이야기가 만들어지지만, 실패는 결론으로 기록된다. 팬들이 두려워하는 것은 실패 그 자체가 아니다. 실패의 괴로움은 이미 경험했다. 다만 실수의 반복이 또 다른 실패를 불러오는 것이 두려운 것이다.

두산베어스의 2025년은 실패였다. 이 실패의 결과가 실수로 남을까? 성찰로 부활할까? 실패는 기록으로 남는다. 그러나 성찰은 다음 시즌을 바꾼다.

HUSTLE
DOO
BEARS

리그에서 가장 기대를 받는 매치업.
그러나 현재는
가장 실망스러운 매치업로 뒤바뀌었습니다.

자존심을 지키지 못한 디펜딩 챔피언과
자리를 지키지 못한 반격의 거인.

결국,
상처입은 젊은 왕은 돌아오지 못했고
거인의 심장은 멈춰섰습니다.

믿음은 실망으로
승부수는 잘못된 선택이 되었습니다.

이제 남은 경기는 12경기 그리고 17경기.
모두가 꿈꾸는 환상은
과연 현실이 될 수 있을까요?

희망은 희미할지언정
아직 손끝을 떠나지 않았습니다.

1982년 한국프로야구는 지역 연고를 기반으로 출발했다. 서울을 연고로 한 MBC청룡, 인천을 기반으로 한 삼미슈퍼스타즈, 대전을 기반으로 한 OB베어스, 대구의 삼성라이온즈 그리고 우리나라의 대표적인 지역 라이벌이기도 한 부산의 롯데자이언츠, 광주의 해태타이거즈 이렇게 원년 6개 팀이 각 지역을 대표하는 팀으로 창단이 됐다.

우리나라는 국토가 넓지 않다. 그러나 지역 간에 미묘하게 존재하는 라이벌 의식이 프로야구를 빠르게 인기 스포츠로 자리 잡게 했다. 물론 프로야구의 출범에 정치적인 배경도 일부 작용했지만, 프로야구는 출범 이후 전 국민의 사랑을 받는 대한민국 대표 스포츠로 성장했다. 기본적으로 스포츠는 라이벌로 먹고 산다고 해도 과언이 아니다. 팀이건 선수건 라이벌이 없는 스포츠는 흥미가 떨어질 수밖에 없다. 라이벌은 스포츠가 기본적으로 가지고 있는 경쟁에 관한 심리를 극대화하는 효과가 있다. 특정 팀 또는 선수 간의 지속적이고 강력한 라이벌 의식은 흥행과 관중 유입에 큰 역할을 할 뿐 아니라 더 나아가 리그 전체의 발전에도 큰 영향을 준다.

축구에서 흔히 쓰는 '더비 매치'를 '라이벌 매치'와 혼용해서 쓰기도 하는데 둘 사이에는 약간의 차이가 있다. 더비는 인접 지역 간의 라이벌전이라는 의미가 더 강하다. 대표적인 것이 런던 북

부의 아스날FC와 토트넘 홋스퍼 간의 북런던 더비다. 전 세계적
인 축구 라이벌인 레알 마드리드와 FC바르셀로나의 대결은 라이
벌 매치지 더비 매치라고 부르지는 않는다.

KBO리그에도 많은 라이벌이 있다. 서울 잠실야구장을 홈으로
쓰는 LG트윈스와 두산베어스가 대표적이다. 두 팀 간의 대결은
라이벌 매치이자 잠실을 기반으로 하는 잠실 더비이기도 하다.
또 하나 KBO리그에서 빼놓을 수 없는 것이 영호남 지역 라이벌
이기도 한 기아타이거즈와 롯데자이언츠다.

부산 연고의 롯데자이언츠는 원년부터 구단 운영 주체와 팀명
이 한 번도 바뀌지 않았다. 기아타이거즈는 원년부터 팀을 운영
하던 해태제과의 경영 상황이 어렵게 되자 2001년 기아자동차가
인수해 현재까지 운영하고 있다. 운영 주체가 바뀌기는 했지만,
타이거즈라는 팀명과 정신은 그대로 유지되고 있다. 두 팀 모두
원년의 헤리티지를 그대로 유지하고 있는 팀이며 KBO리그 최고
의 인기 구단들이다.

최근에는 우리 사회의 지역 간 감정이 예전과는 다르게 많이
희석됐고 두 팀의 상황도 달라지면서 라이벌 의식이 많이 옅어진
것도 사실이다. 그러나 두 팀 간의 경기에는 아직도 많은 흥행 요
소를 가지고 있다. 2024년 기아타이거즈는 챔피언에 오르면서

약 126만 명의 홈 관중을 동원했다. 리그 4위에 해당하는 흥행력이지만 기아타이거즈가 가지고 있는 전국적인 인기를 생각하면 실질적인 관중 동원력은 그 이상이다.

롯데자이언츠는 2025년 약151만 명의 관중이 사직야구장을 찾았다. 리그 3위였다. 롯데자이언츠 역시 전국적인 관중 동원력은 그 이상이다. 두 팀 모두 관중 동원력과 티켓파워에 있어서는 두말할 필요가 없다. 또한, 시청률 면에서도 각 방송사가 두 팀을 우선순위에 놓고 편성을 고려할 만큼 경쟁력을 가지고 있다. 이런 인기 구단 두 팀이 맞대결한다면 흥행은 보장된 것이다. 그러나 흥행의 보증수표인 두 인기 구단의 고민은 관중이 아니라 좀 더 원초적이었다.

2025년 시즌 막바지 롯데자이언츠는 62승 64패 6무로 리그 6위. 기아타이거즈는 59승 64패 4무로 리그 8위였다. 롯데자이언츠는 12경기를 기아타이거즈는 17경기를 남겨놓고 있었다. 두 팀 모두 모든 팀이 기본적인 1차 목표로 삼는 포스트시즌 진출이 쉽지만은 않은 상황이었다. 기아타이거즈는 전년도 챔피언이었기에 그리고 롯데자이언츠는 명장 김태형 감독을 영입하면서 가을야구 진출에 대한 희망이 그 어느 때보다 강했기 때문에 두 팀의 팬들이 느낀 실망감은 더욱 컸다. 기아타이거즈는 시즌 초반부터 부상 선수로 인한 공백이 많았다. 그러나 백업 선수들과 젊은 선

  권성욱의 더 오프닝

수들 그리고 베테랑들의 활약으로 전반기 한때 리그 2위까지 오르는 저력을 보였다. 하지만 후반기로 접어들면서 힘을 잃었고 가을 야구에서 점점 멀어졌다. 팬들이 가장 안타까워 한 부분은 새로운 왕으로 등극한 김도영의 부상이었다.

2024년 기아타이거즈의 챔피언 등극에 가장 큰 역할을 한 선수는 누가 뭐래도 슈퍼스타 김도영이었다. 2022년 광주 동성고등학교를 졸업한 김도영은 기아타이거즈의 1차 지명선수였다. 기아타이거즈의 '로컬보이'이자 프랜차이즈 스타다. 프로 데뷔 3년차 2024년 김도영의 활약은 충격적이었다. 38개의 홈런과 40개의 도루에 성공하며 박재홍 이후 24년 만에 국내 선수 30-30 클럽에 가입해 리그를 놀라게 했다. 압도적인 타격 실력과 주루 능력으로 리그를 지배하며 팀의 우승에 큰 힘이 되었다. 그의 인기는 1,000만 관중의 밑바탕이 되었고 수많은 화제와 이슈를 낳으며 2024년 MVP에 올랐다. 그의 나이 21살이었다.

그러나 2025년 세 번의 햄스트링 부상은 지난 시즌 보였던 충격과는 다른 의미로 팬들에게 충격이었다. 압도적인 시즌을 보낸 이후 부상으로 인한 최악의 시즌이 된 것이다. 팀은 슈퍼스타를 잃었고 앞으로 나아갈 추진력도 함께 잃었다.

롯데자이언츠도 2025년만큼은 오랜 희망이었던 가을 야구에 근접해 있었다. 명장 김태형 감독을 영입하며 2024년 리빌딩의 가능성을 확인한 롯데자이언츠는 2025년 그 어느 해보다 의욕이 넘쳤다. 2025년 시즌 출발은 조금 늦었지만, 4월 중순에 다가서면서 반등을 보였다. 4월 중위권에 진입한 롯데자이언츠는 전반기 한때 2위까지 순위를 끌어올렸다. 전반기를 3위로 마무리한 롯데자이언츠는 올 시즌 포스트시즌 한자리를 이미 예약해 놓은 듯했다.

그러나 이상 징후가 나타나기 시작한 것은 여름의 정점인 8월이었다. 롯데자이언츠는 8월 7일부터 시작해 14경기에서 무승 12패 2무를 기록했다. 12연패였다. 흥미로운 것은 이 연패의 출발이 팀의 정신적 지주이자 '거인의 심장'으로 불리는 전준우의 부상으로 인한 결장의 시작점과 거의 일치한다는 것이다. 전준우는 부상으로 인해 8월 5일부터 9월 15일까지 41일간 자리를 비웠다. 롯데자이언츠는 팀의 심장이 멈춰 선 이 기간에 7승 20패 3무를 기록하며 꾸준히 지키던 중위권 자리를 내주고 말았다. 심장이 멈춰 선 거인이 진격하지 못하는 것은, 어찌 보면 당연한 것이었다.

또 한 가지 이슈가 된 것은 외국인 투수 교체와 관련된 것이다. 10승을 거둔 외국인 투수 터커 데이비슨의 최종전은 8월 6일이었다. 터커 데이비슨은 8월 6일 경기에서 승리 투수가 된 후 빈

　　　　　　　　　　　　　권성욱의 더 오프닝

스 벨라스케스로 교체가 됐다. 데이비슨을 대신한 새로운 외국인 투수 벨라스케스는 남은 시즌 단 1승에 4패 그리고 8.23의 평균 자책점을 기록해 팀 반등의 발판이 되지 못했다. 결과론적인 이 야기지만 최악의 외국인 투수 교체가 된 것이다. 다른 팀의 팬들 은 '데이비슨의 저주'를 들먹이며 키보드가 더욱 요란스러워졌다.

두 팀 모두 팀의 상징인 슈퍼스타와 정신적 지주를 잃으면서 결국 실망스러운 시즌 성적표를 받게 됐다. 기아타이거즈는 10구단 체제에서 우승 후 다음 시즌 가장 급격한 순위 하락을 가져온 팀이라는 오명을 안게 됐다. 롯데자이언츠는 전반기를 3위로 마감하며 포스트시즌 진출 90% 이상의 확률이라는 평가를 받았지만 결국 포스트시즌 진출에 실패하는 최악의 결과를 낳았다. 전반기를 3위 이상으로 마무리한 팀이 포스트시즌에 실패한 사례는 KBO리그 역사상 3번째일 만큼 충격적인 결과였다.

리그에는 늘 새로운 서사가 필요하고 그 서사가 이야기를 끌어올린다. 서사에서 가장 좋은 재료는 라이벌이다. 라이벌은 서사를 만들고 팬들은 그 이야기를 따라 모여든다. 라이벌 간의 이야기가 쌓이고 시간이 흐르면서 팬들은 라이벌 매치에 대한 기대를 자연스럽게 가지게 된다. 오랜 시간을 들여 쌓인 이야기는 좀처럼 무너지지 않는다. 원년부터 이야기를 쌓아온 기아타이거즈와 롯데자이언츠처럼 두 팀의 라이벌 매치에는 항상 기대가 있다.

그러나 기대는 실망을 부르기도 한다. 2025년 두 팀의 이야기가 그랬다. 시즌 전 그리고 시즌 중반까지도 놓지 않았던 기대는 큰 실망으로 추락했다.

라이벌은 단순한 경쟁자가 아니다. 라이벌 사이에는 치열한 경쟁만이 존재하는 것이 아니라 뜨거운 서사도 함께한다. 라이벌 사이에는 승패보다 오래 남는 이야기가 따라다닌다. 서로를 무너뜨리기 위한 것이 아니라 더 강해지기 위해 라이벌이 존재한다. 나를 넘어뜨린 존재로 인해 다시 일어나고 더 단단해진다. 그리고 라이벌 앞에 다시 일어나 도전한다. 더욱 강해진 나를 라이벌에게 선물한다.

차가운 승부의 세계에서 믿음은 온기를 불러일으키지만 때로는 가장 위험한 함정이기도 하다. 당연한 것의 배신, 확신의 오류, 자신감의 허상, 빗나간 타이밍의 승부수. 이 모든 것들은 믿음으로 포장된 선택의 결과다. 그러므로 늘 선택의 결과는 책임이다.

시즌이 시작될 때마다 '이번만큼은 다를 것이다'라는 믿음을 품는다. 그러나 그 믿음은 계절이 바뀌면 품게 되는 일방적인 희망에 불과하기도 하다. 그것이 야구의 방식이었다.

 권성욱의 더 오프닝

그럼에도 불구하고 희망을 잃지 말아야 한다. 희망이 유일한 구원이기 때문이다. 기대의 결말이 늘 실망일지라도 희망을 버리는 순간 야구는 의미를 잃는다. 비록 2025년의 결과는 실망으로 남았지만, 다시 희망을 세울 수 있다면 우리는 믿음을 통해 구원을 얻을 것이다.

한화생명
Hanwha
Eagles
김 우 석
모두의 안과

여러분 행복하십니까?

여름은 유독 더웠고
그들은 더욱 뜨거웠습니다.
이렇게 또 한 시즌이 저물어 갑니다.

이 뜨거웠던 시즌 짧은 질문을 던져봅니다.
비웃음과 조롱에도 행복할 수 있다는 믿음은
그 어떤 신앙에 못지않았습니다.

어찌 보면 행복하다는 외침은
행복해야 한다는 절규였습니다.
절규는 믿음이 되었고 믿음은 기적을
그리고 기적은 곧 현실이 됩니다.

오늘도 행복의 주문은 변함없습니다.
여느 가을과는 다른 바람이 불어옵니다.

여러분 한 시즌 행복하셨습니까?

3루

2025년 한화이글스가 내세운 캐치프레이즈는 'RIDE THE STORM'이었다. 폭풍우가 몰아칠 때 대부분의 새들은 폭풍우를 피해 가지만, 독수리는 오히려 폭풍우를 타고 더 높이 더 멀리 나아간다고 한다. 이 캐치프레이즈는 폭풍우에 올라타 추진력을 얻고 더욱 높이 날아오르는 독수리처럼 험난한 역경을 뚫고 더욱 높은 곳으로 비상하자는 의미였다. 폭풍우를 피하지 않고 그 위에 올라타 더 높이 날아오르겠다는 다짐. 그것이 2025년 한화이글스의 메시지였다.

한화이글스의 최근 몇 년간의 성적을 다시 이야기하는 것은 의미가 없다. 꽤 오랜 시간 한화이글스가 힘들게 걸어온 길은 굳이 야구팬이 아니더라도 대한민국에서 10년 이상 거주한 사람이라면 다 아는 사실이다. 그 얘기는 한편으론 한화이글스를 응원하는 팬들의 고통의 시간도 그만큼 길었다는 의미이기도 하다. 험난한 난관을 극복하고 나아가자고 했지만 이미 팬들은 참기 어려운 고난을 오랜 시간 견뎌내고 있었다.

2025년 한화이글스는 창단 40주년을 맞아 홈구장으로 쓰던 대전 한화생명 이글스파크를 떠나 새로운 구장인 대전 한화생명 볼파크에서 시즌을 시작했다. 큰 의미는 없었지만 2025년 시즌 전 전문가들의 한화이글스에 대한 전망은 많이 갈렸다. 젊은 선수들의 성장으로 가을야구에 도전하기 충분한 전력을 갖추었다는 전망과 아직 많은 물음표가 남아있다. 검증해야 할 것이 너무 많

                                          권성욱의 더 오프닝

다. 따라서 올 시즌도 쉽지 않을 것이라는 의견으로 나뉘었다. 물론 구단과 선수들은 시즌 전 올 시즌만큼은 다를 것이라고 힘을 주어 각오를 밝혔지만 그건 그렇게 안 하면 예의가 아닌 정도의 이야기이다.

큰 기대와 더불어 많은 질문으로 시작된 2025년의 한화이글스.

2025년 한화이글스의 감독은 김경문 감독이다. 김경문 감독은 2024년 6월 2일 시즌 중 한화이글스의 14대 감독으로 부임했다. 한화이글스에는 지난 2005년부터 2024년까지 약 19년간 8명의 감독이 팀을 거쳐 갔다. 평균 재임 기간은 약 2.4년 정도다. 중간중간 감독대행 체제가 있었던 것을 고려한다면 재임 기간은 더 짧아진다. 많은 감독이 2년 조금 넘게 직을 유지했다는 것은 그만큼 한화이글스의 성적이 그동안 부침이 컸다는 의미이기도 하다. 거쳐 간 감독들의 네임 밸류만 해도 대단했다. 대한민국 프로야구를 대표했던 감독들은 한 번씩은 한화이글스의 유니폼을 입었다. 그리고 감독 인생의 마지막을 장식했다.

최근 몇 년간 한화이글스를 지배했던 단어는 '육성과 리빌딩'이었다. 한화이글스는 2021년 카를로스 수베로 외국인 감독을 영입해 팀의 재건을 맡겼다. 수베로 감독은 젊은 선수들의 성장을 통해서 팀의 리빌딩이 완성되는 것을 운영의 철학으로 삼았다. 그러나 2023년 5월 수베로 감독은 임기 3년을 다 채우지 못하고 팀을 떠나게 된다. 팬들도 구단도 육성의 과실이 좀 더 빨리 익기를 바란 것이다. 2024년 6월 시즌 중 자진 사퇴한 최원호 감독의 뒤를 이어 김경문 감독이 팀을 맡을 당시 한화이글스의 성적은 24승 32패 1무, 전체 8위였다.

그리고 김경문 감독은 팀의 첫 지휘봉을 잡은 2024년 6월 4일부터 시즌 마지막까지 87경기에서 42승 44패 1무 승률 4할 8푼 8리로 전체 8위에 해당하는 기록을 남겼다. 2024년 시즌 최종 성적은 66승 76패 2무 8위. 2024년도 팬들의 상처는 별반 다르지 않았다.

2025년 새로운 구장에서의 새로운 시작. 그들의 바람대로 한화이글스는 날아오를 수 있을까? 시즌 첫 10경기. 올 시즌만큼은 정말 다를 것이라는 각오는 단 10경기 만에 민망해지는 듯했다. 개막 후 10경기에서 3승 7패 팀 순위는 익숙한 자리를 찾아가고 있었다. 올 시즌도 한화이글스 팬들의 마음은 무너져 내릴까?

한화이글스 팬들의 8회는 주술의 시간이다. 8회 모든 팬이 자리에서 일어나 함께 외치는 주문 '최강한화'. 팬들에게 '최강한화'는 간절함이 절절한 통성痛聲의 기도다. 그리고 상대 팀의 승리에 맞춰 부르는 '나는 행복합니다'라는 노래는 언젠가는 행복하리라는 믿음의 찬송가이다. '최강한화'와 '나는 행복합니다'가 방언처

　　　　　　　　　　　　　　　　권성욱의 더 오프닝

럼 터져 나오는 야구장은 구원과 은혜를 기다리는 성스러운 장소이다. 팬들에게 한화이글스는 종교이자 믿음인 것이다.

굽히지 않는 믿음은 반드시 탄압과 박해가 뒤따른다. 오랜 기간 '최강'이지 않은 한화이글스 대부분의 '행복'하지 않은 패배에 상대 팬들의 조롱과 비웃음은 채찍질과 대못이었다. 그러나 20년에 가까운 긴 시간 사력을 다해 간절하게 걸어온 통성의 기도에 응답하지 않는 신은 없을 것이다.

그 시작은 '작은 돌멩이'에서 불꽃이 튀면서부터였다.

2025년 4월 5일 시즌 12번째 경기. 대구삼성라이온즈파크에서 삼성라이온즈와의 주말 3연전 중 두 번째 경기. 한화이글스는 시즌 초 벌써 4연패 중이었다. 이날 경기도 7회까지 5대1 삼성라이온즈의 리드. 한화이글스는 5연패를 눈앞에 두고 있었다.

신은 절망의 순간 가장 어두운 곳에서 작은 빛으로 기적을 행하셨다.

5대1로 삼성라이온즈가 앞서나가는 8회 초 문현빈의 솔로홈런과 이진영의 투런홈런으로 5대4 한화이글스의 추격 그러나 삼성라이온즈의 집념도 만만치 않았다. 8회 말 삼성라이온즈 김헌곤의 달아나는 솔로홈런 6대4. 그리고 9회 초 한화이글스의 정규이닝 마지막 공격. 주자 1, 2루에서 터진 '돌멩이'문현빈의 역전 3점 홈런. 팀을 구원한 '돌멩이'의 연타석 홈런. 한화이글스의 역전승.

이날의 기적 같은 역전승 이후 한화이글스는 전혀 다른 팀이 되었다.

팬들이 알던 한화이글스가 아닌 팬들이 원하던 한화이글스. 한화이글스는 이날 이후 한 달 동안 19승 5패 승률 7할 9푼 2리를 기록했다. 2025년 4월 13일부터 4월 23일까지 8연승, 4월 26일부터 5월 11일까지 12연승. 5월부터는 1, 2위를 놓치지 않는 견고함을 보였다. 한화이글스 팬들이 그토록 외치던 그 모습이었다. '최!강!한!화!'

이 오프닝은 2025년 9월 27일 당시 1위였던 LG트윈스와 2위 한화이글스의 3연전 중 두 번째 경기에서 쓴 오프닝이다. 9월 27일 경기전 만난 한 한화 팬은 '한화 팬이라면 누구나 1999년을 꿈꾼다.'라고 했다. 한화이글스의 유일한 우승 시즌이었던 1999년 9월. 한화이글스는 파죽의 10연승을 올리며 플레이오프 진출을 확정 지었고 그 기세로 플레이오프에서 4연승으로 두산베어스를, 한국시리즈에서 4승 1패로 롯데자이언츠를 물리치고 한국시리즈 첫 우승을 거머쥐었다.

언론에서는 이 3연전을 미리 보는 '한국시리즈'라고 불렀다.

LG트윈스는 정규시즌 우승을 눈앞에 둔 상황이었고 한화이글스는 1위 탈환의 목표를 포기하지 않은 시점이었다. 고통과 인내의 시간을 보낸 한화이글스 팬들이 느끼는 2025년의 가을바람이 1999년의 바람과 같기를 바랐다.

그리고 긴 시간을 견뎌온 한화이글스 팬들에게 또다시 질문을 던져본다.

여러분 행복하셨습니까?

올여름은 유독 더웠습니다. 그러나 여러분은 더욱 뜨거웠습니다. 이기고 지는 모든 순간을 통과한 뒤 어느덧 시즌 끝자락에 서 있습니다. 행복해야 한다는 절규는 끝내 믿음이 되었고 믿음은 기적을 낳았습니다.

가을의 바람이 느껴지십니까?

한화이글스 팬들에게 가을의 바람은 늘 차가웠습니다. 그러나 이번 가을 다른 결의 바람이 불어옵니다. 길고도 길었던 시간, 그 긴 시간의 고통을 이 가을의 바람이 실어갑니다.

'여러분 진정으로 한 시즌 행복하셨습니까?'

2025년 정규 시즌이 마무리되어 갑니다.
여러분은 2025년을 어떻게 기억하시겠습니까?

누구라고 할 것도 없이 모든 것을 다해
응원하고 열정을 쏟았습니다.
여러분의 열정은
한여름의 더위보다 뜨거웠습니다.

그리고 한 시즌을
열심히 달려왔던 팀원들은 원했던 혹은
원하지 않았던 각자의 자리를 찾아갑니다.

실망도 더욱 큰 기대도 남아있지만
현재의 자리에 상관없이
마지막까지 최선을 그리고 최고를 향합니다.

그 어느 때보다 뜨거웠던 2025시즌!
1,200만의 팬들의 열정이 있어 위대했습니다.

3루

누군가가 그랬다. 야구가 끝나는 날이 일 년 중 가장 슬픈 날이라고. 그래서일까? 야구가 끝나는 11월이면 항상 몸살이 찾아왔다. 야구가 시작되는 3월부터 출발해 야구가 끝나는 10월까지 KTX를 타고 혹은 운전해서 야구를 따라다닌다. 이제는 익숙해질 만도 한데 여전히 낯선 야구장 근처 숙소에서 하루를 보내기도 한다. 때로는 심야버스를 타고 새벽길을 달려 집으로 향한다. 한 시즌을 보내며 아프지 말아야 한다는 강박에 매사에 조심하고 찬 음식을 마다해야 한다. 이렇게 한 시즌을 행군하듯 보내고 나면 야구가 끝날 즈음이면 몸도 마음도 고단하다. 그런 고단함에 결국 시즌 끝나고 나면 이제는 좀 쉬자고 몸이 재촉하는 듯했다.

2025년 기록한 1,200만의 관중은 기록이자 새로운 역사다. 2024년 1,000만의 관중을 넘긴 KBO리그는 2025년 더욱 뜨거운 한 해였다. 숫자보다 더 뜨거웠던 것은 팬들의 함성이었다. 기록적인 폭염 속에서도 잃지 않았던 신념은 여전했다. 패배의 아쉬움은 내일의 기대로 이어지며 누구도 등을 돌리지 않았다. 선수들은 각자가 안고 있는 공통의 목표를 향해 뜨겁게 경쟁했고 팬들은 열광했다. 2025년은 시즌 내내 여름이었다. 한여름의 더위를 넘어서는 열기가 시작부터 마지막까지 이어졌다. 여름의 기억은 뜨겁고 강렬했다. 한여름의 더위보다 뜨거웠던 것은 선수들의 땀뿐만이 아니었다. 팬들의 가슴 또한 뜨거웠다.

출발의 선은 누구에게나 공평했지만, 모두가 같은 출발을 한 것은 아니었다. 누군가는 가을을 향해 달려갔고 또 다른 누구는 출발부터 삐걱거렸다. 그러나 출발의 차이가 결과의 차이까지 연결된 것은 아니었다. 자리를 지킨 팀도 있고 반등을 만들어낸 팀도 있었다. 기대를 충족하기도 했고 '역시나'라는 한탄이 터지기도 했다. 낙관은 낙담으로 이어지기도 했고 오랜 염원은 드디어 응답을 받았다. 그러나 새로운 것은 아니었다. 늘 이변은 존재했고 예상은 맞은 적이 없었다. 올해도 다르지 않았다. 시즌 전 예상은 시즌 시작과 동시에 의미를 잃었다.

개막 전에 가졌던 달콤한 꿈은 개막과 동시에 잔혹한 현실이 된다. 경쟁은 치열하고 승부는 차갑다. 설렜던 가슴에는 서리가 들어차고 부상과 슬럼프는 누구도 피해 가지 못한다. 연패는 순식간에 쌓이고 순위는 요동친다. 누군가는 기대를 채우고 또 누군가는 그 이상을 보여주며 또 누군가는 좌절에 허우적거린다. 각자의 터전에서 각자의 서사를 가지고 서로 하고 싶은 이야기를 남기며 8개월을 버텨낸다. 야구는 언제나 그렇게 많은 이야기를 쏟아낸다. 중요한 것은 마지막까지 버티는 것이다. 기어코 완주하는 것이다. 어느 자리에서건 마지막까지 버텨야 한다. 우리가 서 있는 이곳과 다르지 않다. 그들을 보며 우리도 버텨야 하는 이유를 찾는다.

이날 경기는 잠실 라이벌인 두산베어스와 LG트윈스의 정규시즌 마지막 대결이었다. 두산베어스에게는 이미 시즌 마지막 경기였고 LG트윈스는 아직 한 경기가 더 남아있었다. 이 경기에서 승리를 거둔다면 LG트윈스는 정규시즌 우승을 확정 지을 수 있었다. 그러나 라이벌 두산베어스는 그것을 용납하지 않았다. 비록 두산베어스는 일찌감치 포스트시즌 진출 실패가 결정됐지만, 마지막까지 최선을 다했다. 결과는 6:0으로 두산베어스의 승리. 이로써 2025년 두산베어스는 9위로 시즌을 마쳤다. 두산베어스의 조성환 감독대행은 9위라는 숫자를 절대 잊어서는 안 된다는 말로 시즌을 마무리했다. 한편 이날 패배로 LG트윈스는 정규시즌 우승을 자력으로 확정하지 못했다. 마지막까지 2위 한화이글스와 순위경쟁이 이어졌다.

이날 LG트윈스의 정규시즌 우승을 대비해 우승 콜을 준비했지만, LG트윈스가 패하면서 마이크 앞에서 쓰이지는 못했다. 이후 SNS를 통해 공개했고 많은 분이 공감해주셨다.

이제 누구도 부정할 수 없습니다.
이제 누구도 의문을 제기할 수 없습니다.
트윈스는 강합니다.
LG는 견고합니다.
승리의 기억은 멀지 않습니다.

우승의 경험은 이제 낯설지 않습니다.

정규시즌 우승은 뜨거웠던 지난여름의 결과물입니다.

그러나 만족하지 않습니다.

이제 가을의 수확을, 진정한 승리를 향해 갑니다.

오늘이 기쁘지만 가야 할 길은 이제 시작일 뿐입니다.

누구나 꿈꿔왔던 그 길!

오늘 LG 트윈스는 왕조의 출발을 선언합니다!

LG트윈스는 다음 날 NC다이노스와의 정규시즌 마지막 경기에서 또다시 패했다. 그러나 같은 날 LG트윈스를 맹렬하게 추격하던 한화이글스마저도 SSG랜더스에게 패하고 말았다. 이로써 LG트윈스는 정규시즌 마지막 날에야 우승을 확정했다. 마지막까지 LG트윈스를 추격했던 한화이글스는 정규시즌 2위로 시즌을 마무리했다. 이후 LG트윈스와 한화이글스는 한국시리즈에서 만났다.

야구는 늘 많은 이야기를 남긴다. 2025년도 다르지 않았다. 결국, 남은 것은 버텨낸 시간들이다. 야구가 끝나는 날이 슬픈 것은 승리의 여운 때문도 패배의 분함 때문도 아니다. 함께 버텨온 시간을 더할 수 없기 때문이다. 우리는 또다시 기다린다. 함께 버틸 수 있는 시간을, 함께 견뎌낼 또 한 번의 계절을.

야구가 끝나는 날이 일 년 중 가장 슬픈 날이라면 야구가 다시 시작하는 날은 일 년 중 가장 반가운 날일 것이다. 야구가 끝났다는 슬픔을 잠시 묻어둔 채 야구가 다시 시작하는 날을 기다리며 4개월을 버텨본다. 그 시간 동안 또다시 오래가지 못할 달콤한 꿈을 꾸어 보고 상처로 돌아올 게 뻔한 희망을 품어본다. 매년 희망과 좌절은 반복되지만, 다시 일어서는 그들을 보며 누구도 포기하지 않는다. 최소한 야구장 안에서는 그라운드건 관중석이건 포기하는 이는 없어야 한다. 그것이 야구가 존재하는 가장 중요한 이유이기도 한다.

가끔 상상해본다. 일 년 중 야구가 끝나는 날이 가장 슬픈 날이라면 내 인생에서 야구가 끝나는 날은 언제일까? 야구가 끝나는 날 다시 야구가 시작되는 날의 설렘을 기대할 수 있을까? 내 인생에서 야구가 시작된 지도 많은 시간이 흘렀다. 시작이 있다면 당연히 끝나는 날도 있을 것이다. 내 인생에서 야구가 끝나는 날에도 어김없이 몸살이 날 것이다. 오랜 시간 달려왔기에 이제 쉬어야 한다는 당부일지도 모른다. 그러나 그날이 온다고 하더라도 너무 슬퍼하지 않을 것이다. 그날이 온다는 것은, 이제 야구를 온전히 즐길 수 있다는 의미이기 때문이다.

시즌이 끝나면 인터뷰 요청이 꽤 들어온다. 언론도 있지만 방송인을 꿈꾸는 학생들 특히 스포츠 캐스터가 장래 희망인 어린 학생들의 질문도 많다. 질문의 내용은 사실 큰 차이가 없다. 캐스터가 되기 위해서는 어떤 것을 준비해야 하는지 무슨 공부를 해야 하는지와 같은 질문이 대부분이다. 그럴 때마다 내가 보내는 답변은 정해져 있다.

'세상에 관심을 가져라.'

스포츠 캐스터가 상대해야 하는 시청자는 스포츠 팬만이 아니다. 그들은 영화를 좋아할 수도 있고 드라마를 즐길 수도 있으며, 또 음악을 사랑하는 사람일 수도 있다. 그런 시청자를 상대로 스포츠 이야기만 한다는 것은 그들을 너무 가볍게 바라보는 일일지도 모른다. 준비된 대본 없이 3시간이 넘는 생방송을 버텨내기 위해서는 스포츠 지식만으로는 한계가 있다. 깊지는 않더라도 세상에 대해 두루 이해하려는 시선과 태도가 필요하다.

스포츠 중계방송에서 흐름을 주도하는 사람은 해설위원이다. 해설위원은 단순히 정보만 전달하는 것이 아니라 경기에 대한 분석과 승부의 포인트를 잡아내야 한다. 해설위원의 시각과 분석에 따라 중계방송의 흐름과 방향이 달라질 수도 있다. 따라서 해설위원에게는 유려한 말솜씨만 요구되는 것이 아니라 경기를 보는 시각과 흐름을 읽어내는 식견이 더 중요하다.

그렇다면 캐스터의 역할은 무엇일까? 전통적으로 캐스터는 경기의 상황과 정보를 전달하는 사람이다. 여기에 극적인 순간 '샤우팅'이 추가된다. 나는 여기에 중요한 역할 하나를 더 추가해야 한다고 생각한다. 좋은 질문을 해설위원에게 던지는 일이다.

나는 좋은 질문이 좋은 해설을 끌어낼 수 있다고 믿는다. 다른 시각의 존재 가능성 그리고 다양한 의견을 염두에 둔 질문은 경기 해설을 더욱 풍요롭게 할 수 있다. 발생한 상황에 대해서 하나의 시각만이 아닌 또 다른 가능성을 고려해야 한다. 다양한 해석의 가능성을 열어두는 것. 또 다른 관점을 통해 풍부한 시각을 시청자에게 제시하는 것. 그것이 캐스터에게 요구되는 또 하나의 역할이라고 믿는다.

스포츠 중계방송 특히 야구 중계에서 캐스터의 아이덴티티가 드러나는 상황은 생각보다 많지 않다. 그렇기에 자신만의 캐릭터와 언어를 갖는 것이 필요하다. '좌측담장'도 여기에서 출발한 것이다.

'故 하일성' 선생님께서는 '좌측담장'과 같은 홈런콜을 통해 캐스터만의 아이덴티티를 만들어야 한다고 말씀해주셨다. 더 나아가 내가 '좌측담장'을 외칠 때면 그 시간만큼은 캐스터의 시간이라면서 말을 멈추어 주셨다. 그리고 충분히 상황이 정리된 뒤에야 해설을 이어가셨다. 정말 고마운 배려였다. 일반적인 스포츠 중계의 오프닝 형식은 매번 크게 다르지 않다. 대부분 그날의 팀 이슈나 경기에 관한 간략한 정보를 제공하는 정도다. 나는 여기에 하나를 더 추가하고 싶었다. 경기를 보는 다양성이었다. 승패에만 머무는 것이 아닌 승패 그 뒤에 가려져 있는 것들. 무명 선수의 기회와 도전. 모자에 쓰인 숫자의 의미, 승부에만 집착하는 것이 아닌 그들이 가진 우정. 승부 외에 다른 세상도 있다는 것을 이야기하고 싶었다.

그렇게 나만의 오프닝을 시작한 지 벌써 20년이 훌쩍 넘었다. 예전의 오프닝을 읽어보면 낯간지러운 것들도 많이 있지만 가끔은 그때의 감정이 다시 살아나는 오프닝들도 있다. 주변 지인들은 오프닝을 모아 책을 내보는 것은 어떠냐는 권유를 하기도 했지만, 나는 그럴 정도의 글은 아니라며 매번 웃어넘겼다. 지금도 내가 쓴 오프닝이 낯간지러운 잡문雜文이라는 생각에는 변함이 없다.

내가 쓴 오프닝이 대중들에게 특히 힘들게 이 시대를 버텨가고 있는 젊은 세대에게 작은 힘이 되고 있다고 확인한 것은 후배가 보내준 유튜브 영상에서였다. 그리고 SNS에 퍼져있는 영상들과 그 안에 담겨있는 댓글들을 통해서였다. 20년 넘게 오프닝을 써오면서 별 의미가 없다고 느꼈고 이제는 그만해야겠다고 마음먹었을 때쯤이었다.

내 오프닝의 가치를 인정해 주고 SNS 세상에 널리 알려준 cat doong 김현숙 님이 누구보다도 고맙다. catdoong님이 아니었으면 내 오프닝은 여전히 흩어진 채로 남아있었을 것이다. 출판 제안을 해주신 '도서출판 답'에도 감사한 마음을 전한다. SNS상에 떠도는 잡문에 불과하다는 나를 설득해 오프닝의 가치를 알려주셨다. 마지막으로 나만의 오프닝을 위해 번거로운 일임에도 불구하고 매번 영상을 입혀준 KBSN스포츠 PD들에게도 감사함을 전한다. 그들이 도와주지 않았으면 오프닝은 시작하지도 못했을 것이다.

스포츠 캐스터는 출장도 많고 주말 근무는 기본이며 업무 시간도 불규칙하다. 힘들고 고단한 일이지만 그래도 버틸 수 있었던 것은 아내의 배려 덕분이다. 거기에 아무도 알아주지 않아도 오프닝의 의미를 아내는 인정해 주었다. 세상에 유일한 내 편이 가족이라는 것은 너무나 큰 행운이다.

비록 볼품없는 글이지만 이 글을 읽고 누군가 세상을 살아갈 미약한 힘이라도 얻는다면 그것이야말로 20년이 넘는 시간에 대한 보상일 것이다.

봄날, 상암에서

권성욱 씀

 권성욱의 더 오프닝